Christian de MOLINER

L'ombre émeraude

Les éditions du Val

À Sylvie, ma femme, dont les yeux verts abritent un lac, placide et agité, où j'ai puisé cette histoire.

« Puissent mes filles, un jour, me pardonner de leur avoir, par mégarde, donné la vie, alors que j'étais incapable d'assumer la mienne. »
Sophie Dutour-Robili

Préface

On m'a souvent demandé si *le Pays des Crétins* symbolise la région déshéritée qui s'étend des faubourgs de Valenciennes jusqu'aux portes de Cambrai. Il représente, en fait, toute ville de la France Périphérique en proie à la misère et au sous-développement.

De toute façon, il ne faut pas prendre ce terme péjoratif, *le Pays des Crétins*, pour un jugement que je porterais sur la capitale du Hainaut français. Il appartient à Mathieu, mon personnage, qui voit sa région d'adoption à travers le filtre de sa névrose. Un auteur n'est pas engagé par les opinions qu'il prête à ses créatures de papier.

L'ombre émeraude

I

Mathieu Robili était un perpétuel angoissé, en proie à de nombreux tics et inquiétudes. Dix minutes avant que les autres passagers du train ne s'ébranlent, il avait traîné ses valises devant la porte du wagon parce que la crainte irraisonnée de rater la station le taraudait, chaque fois qu'il prenait le rail.

Il n'utilisait jamais son permis de conduire, décroché péniblement, car il ne parvenait pas à surmonter sa peur de provoquer un accident et il se refusait à acheter une voiture. Bien qu'il ne fût âgé que de vingt-huit ans, il s'habillait d'une manière démodée qui lui donnait une dizaine d'années de plus. Il portait de grosses lunettes d'écailles qui ne lui allaient pas et sa coiffure, plaquée sur le crâne, si on exceptait une mèche rebelle qu'il n'arrivait pas à domestiquer et qui se transformait en une sorte de houppe, achevait de le vieillir. Ceux qui le côtoyaient étaient invariablement surpris lorsqu'ils apprenaient son âge tant il semblait proche de la quarantaine.

Par la vitre, Mathieu regardait, consterné, se dévoiler, Saint-Pierre, la ville où il allait s'installer : une succession de jardins à l'abandon, de cabanes en tôle ondulée, de maisons en briques noircies par la pollution. Sa sœur, Sophie, qu'il rejoignait, lui avait dit que la région était sinistre, mais il n'avait pas imaginé qu'elle le serait à ce point.

Sophie l'attendait dans le hall de la gare. C'était une jeune femme aux jambes interminables, dont la haute taille faisait oublier les rondeurs. Elle avait un visage aux traits fins et réguliers qu'encadraient des cheveux bruns et épais. Son charme était rehaussé par un regard si particulier que son frère le surnommait en son for l'intérieur l'ombre émeraude pour en souligner l'attrait énigmatique ; il n'avait en effet rien de lisse ou d'aseptisé, il était mystérieux, différent, sauvage et étrange. Par licence poétique, Mathieu préférait user du terme émeraude, bien que les pupilles de sa sœur ne fussent pas aussi intensément vertes que la pierre précieuse. Sophie l'accueillit le visage fermé.

– Tes filles ne sont pas venues avec toi ? s'étonna-t-il.

– Elles sont chez leur père.

Elle était séparée depuis quelques mois de son mari.

– Comment vas-tu, Sosso ?

Il aimait donner à sa sœur, son surnom enfantin.

– Ça va ! répondit-elle, agressive

Elle répondait toujours « *Ça va* » même dans les pires moments de sa dépression, mécaniquement par réflexe.

– Tu prends bien tes médicaments en ce moment ?

– J'avais arrêté, mais le toubib m'a obligée à avaler de nouveau ces saletés. J'en ingurgiterai jusqu'à ce que j'en crève !

Alors qu'il finissait de ranger ses bagages dans le coffre de la voiture, elle ajouta avec violence :

– Un jour, j'absorberai la boîte complète. Ainsi, j'en finirai avec cette saloperie de dépression.

Mathieu se crispa, comme à chaque fois qu'elle lui faisait de telles déclarations.

– Songe à tes enfants, Sosso, essaya-t-il.

Il était à court d'arguments. Comment vanter la vie à quelqu'un qui la voyait comme un fardeau ?

– Elles ont un père ! Elles n'ont pas besoin de moi. Je ne sers à rien.

Il referma le coffre tout en se rassurant intérieurement : la crise n'était due qu'à un arrêt momentané du traitement. Les médicaments allaient produire bientôt leur effet et elle irait mieux dans quelques jours, mais pour combien de temps ? Elle traînait sa dépression depuis dix ans. Ni son mariage ni ses enfants ne l'en avaient sortie. Maintenant que son mari était parti, lassé, quel espoir de guérison lui restait-il ?

Ils s'installèrent en silence dans la voiture. Malgré le soleil éclatant, la ville semblait repoussante. Elle n'était qu'un empilement de façades de pierre lépreuses, de murs de briques rouges et sales, de cafés aux peintures délavées. Aucune fleur n'égayait les carrefours. Les arbres semblaient poussiéreux et moribonds. On voyait des affiches disloquées de Giscard et Mitterrand partout, sur les murs et les réverbères.

Mathieu Robili était révulsé. À ses yeux, Saint Pierre atteignait le summum de la laideur urbaine. Elle n'était qu'un concentré de mauvais goût et de misère et il se demanda comment des êtres humains pouvaient vivre dans un endroit aussi lugubre.

Dominique Beaulieu partagea son sentiment, lorsque, quelques jours plus tard, il arriva au volant de sa Bentley dans la cité ardennaise. En retard, comme à son habitude, il enragea de ne découvrir nul panneau pour lui indiquer le chemin de la gare et ne trouva cette dernière qu'après avoir longuement erré dans le centre-ville. Les vitrines des magasins lui semblèrent archaïques et démodées, le mobilier urbain défaillant. C'était comme si, à Saint-Pierre, l'aiguille du temps s'était bloquée dans les années cinquante.

Beaulieu finit par trouver le Grand Hôtel qui faisait face à la gare, mais il relut deux fois l'enseigne pour s'assurer qu'il ne faisait pas erreur tant l'extérieur du restaurant que son interlocuteur lui avait vanté comme le meilleur de la ville lui sembla désuet. Un majordome s'avança vers lui l'air pincé lorsqu'il pénétra dans la salle vieillotte toute en cuir rouge et en liseré doré.

— Vous désirez une table, monsieur ?

— J'ai réservé un salon particulier au nom de Dominique Beaulieu.

La stupéfaction se lut sur le visage du maître d'hôtel.

— Si vous voulez bien me suivre. Vos invités vous attendent.

Il ne fit pas non plus bonne impression au maire Nicolas Dusart et à son adjoint aux sports Charlie Botellot. Sa veste fripée, son absence de cravate, ses cheveux blonds en désordre ne cadraient pas avec l'image qu'ils se faisaient d'un avocat d'affaires. Ils auraient préféré quelqu'un de plus classique et de plus bourgeois. Ce décalage entre leurs attentes et l'aspect de Boug les refroidit et une certaine gêne subsista entre les convives malgré tous les efforts de Dominique pour la dissiper.

Et dès qu'il eut tourné les talons, le sénateur-maire grommela :

— Si ce zazou n'était pas le seul à s'intéresser à notre club de football, je l'enverrais bien paître !

— N'en faites rien ! gémit Botellot.

— Je sens mal ce beau parleur. J'ai peur de faire une sottise en lui offrant le Racing de Saint-Pierre sur un plateau.

— Pour ma part, je lui fais confiance.

— Pas moi ! Je ne comprends pas pourquoi cet affairiste souhaite investir dans le club de football d'une ville où il n'a aucune attache !

— Il ne puisera pas dans son portefeuille personnel, mais dans celui de ses entreprises ! Les fonds dépensés seront pris sur les budgets publicitaires et, pour finir, le Racing se révélera être un excellent investissement pour lui !

— Tu m'as déjà avancé ces arguments, pourtant je doute qu'ils soient suffisants à eux seuls pour justifier l'intérêt de ce Zoulou pour le club. J'ai bien envie de rompre les négociations !

— N'en faites rien, supplia Botellot. Je n'ai aucun autre repreneur sous la main. Il faut à tout prix injecter de l'argent frais sinon le Racing sera contraint de déposer le bilan.

Les réticences du maire étaient formelles. Il savait pertinemment qu'ils n'avaient pas le choix.

L'ombre émeraude

— Il nourrit d'autres desseins, j'en suis sûr, grommela Dusart. Nous allons conclure un marché de dupes !

Mais sa décision était prise et il voulait juste affirmer à haute voix ses réserves pour entretenir l'illusion d'avoir eu la main forcée par Bottelot.

À la sortie de la ville, Dominique Beaulieu arrêta sa Bentley sur le bas-côté et descendit de sa voiture pour contempler Saint-Pierre qui s'étalait en contrebas. De l'autre côté du fleuve, les maisons se massaient frileusement autour de la cathédrale noircie par les ans et la pollution. La forêt de toits rouges était enserrée sur trois côtés par les tôles rouillées d'anciennes usines. Seules, quelques rares cheminées fumaient encore. Les hauts-fourneaux s'étaient éteints les uns après les autres, balayés par la crise sidérurgique. Beaulieu était un instinctif : il croyait aux cris que lui lançait son inconscient. Et ce dernier lui hurlait qu'il se réaliserait ici, alors qu'il était venu sans enthousiasme, seulement pour tâter le terrain. Oui, dans cette ville à l'abandon, il accomplirait son destin, il montrerait ses capacités, avant que... Très vite, il chassa l'angoisse qui l'avait tout à coup étreint, en se laissant submerger par une vague de projets.

Quand Mathieu Robili se présenta à la DDE, où il allait travailler désormais, son nouveau supérieur lui lança, ironiquement :

— Vous avez touché le mistigri ! Saint-Pierre est l'un des postes les plus pourris de France. Plus perdu que ce trou, je ne vois que Mende. Et encore, là-bas, on est proche d'une station de ski. Malheureusement, vous devrez patienter au moins trois ans avant d'obtenir votre mutation.

— Cette ville était mon premier vœu, car ma sœur y habite et j'ai souhaité me rapprocher d'elle.

— Vous travailliez au ministère auparavant ?

– Oui, mais en réalité je poursuivais mes études. J'étais responsable d'un projet en liaison avec l'université de Paris VIII et j'ai passé en parallèle mon doctorat.

Son interlocuteur hocha la tête :

– Votre tâche sera facile, de l'entretien et des créations de réseaux d'hydrauliques, bref la routine, peu de travail mais aussi des honoraires peu élevés. J'ai vu sur votre fiche que vous logez chez votre sœur.

– C'est provisoire. Je vais chercher une location

– Vous n'aurez que l'embarras du choix. Il existe des centaines de logements libres dans cette ville. Elle se vide de ses habitants. Les jeunes la fuient, car le taux de chômage y est le double de la moyenne nationale. Ils s'en vont tenter leur chance à Reims ou à Paris. Ici, il ne reste que les vieux et les fonctionnaires, comme nous.

Mathieu s'installa dans un studio situé en plein centre de Saint-Pierre. Il passa les premiers mois de son séjour à se chercher des marques et des repères. Il finit par s'en créer, mais si, d'un côté, il se sentit sécurisé par le cadre qu'il mit en place, la routine l'écrasa rapidement. Il fut envahi par un ennui déprimant et glacial, qui s'accentua à mesure que finissait l'automne et que s'installait l'hiver.

Il passait le plus clair de son temps libre chez sa sœur à s'occuper de ses nièces, Hélène et Marie. Sophie avait constamment besoin d'être aidée et soutenue. Elle restait, des journées entières, allongée sur son lit ou sur son canapé et ne manifestait de l'activité que pour exprimer des inquiétudes absurdes et irréalistes. Avant que son frère ne s'installe dans sa ville, elle s'était efforcée de maintenir pour ses filles un semblant de vie normale, mais depuis que Mathieu l'avait prise en charge, elle se laissait aller. Elle n'essayait plus de lutter contre ses démons, contre les obsessions bizarres qui obscurcissaient le champ de sa conscience.

Ainsi, s'angoissa-t-elle après avoir jeté une boîte de médicaments à la poubelle sans vérifier si elle contenait encore des comprimés.

— Des enfants ont peut-être fouillé le sac d'ordures, récupéré et avalé ce qu'ils ont pris pour des bonbons. J'ai, qui sait, provoqué un homicide par imprudence, répéta-t-elle en boucle.

Elle rumina cette crainte quelques jours avant de se focaliser sur la façon dont elle avait nourri ses filles ces derniers mois :

— Je leur ai servi trop de pâtes ! Je ne leur ai pas donné assez de légumes. Elles vont avoir des carences, gémit-elle à de multiples reprises.

Elle se lamenta pendant une semaine avant que brusquement son angoisse ne se fixât sur une autre chimère. À mesure que le temps passait, ses tocs devenaient de plus en plus irrationnels. Le summum de l'absurde fut atteint un samedi après-midi de la fin de décembre. Sophie, qui était sortie faire des courses fit irruption, affolée, dans son appartement, en laissant la porte ouverte derrière elle.

— J'ai écrasé une femme et un gosse, hurla-t-elle.

Stupéfait, Robili laissa tomber le livre pour enfants qu'il tenait à la main.

— Que racontes-tu ?

Elle s'assit, tremblante, le regard halluciné.

— Au carrefour devant le lycée, haleta-t-elle. Ils traversaient. Je ne les ai pas vus à temps. Je n'ai pas freiné. Je ne me suis pas arrêtée !

— Qu'a dit la police, Sosso ?

— Je ne me suis pas arrêtée. Je te dis ! J'ai continué ma route. Je n'ai pas réalisé que je leur passais dessus.

— Tu as quand même ressenti un choc en roulant sur eux ?

— Je ne sais plus.

— Tu dois bien savoir ce qui s'est passé tout de même !

— J'ai l'esprit si embrumé avec ces saloperies de médicaments !

Il n'arriva pas à lui soutirer des renseignements plus cohérents. Il descendit sur le parking et inspecta la 205 de sa sœur. Il n'y avait aucune marque sur la carrosserie. Il remonta à l'appartement, mais ne réussit pas à la calmer.

— Je les ai heurtés sur la droite, répétait-elle hystérique.

À sa demande, il partit explorer l'endroit où elle avait eu son hypothétique accident. Il regretta d'être obligé de sortir alors que le froid était coupant et que la nuit envahissait les rues désertes, rendant la ville encore plus lugubre. Le lycée, une hideuse bâtisse de briques rouges se dressait en face de la gare. Le carrefour qui les séparait était désert et il n'y avait nulle trace d'un quelconque accrochage. Mathieu examina les alentours sans conviction avant de se hâter de revenir chez Sophie. Elle ne le crut pas lorsqu'il lui certifia qu'il n'avait rien trouvé.

— Leurs corps ont roulé sur la droite, affirma-t-elle, le regard buté. Je me rappelle nettement la scène maintenant, une femme blonde, avec un gosse de deux, trois ans avec elle.

— Sosso, voyons ! J'aurais vu des marques sur ta carrosserie et la police serait encore là, pour faire le constat.

— Non ! Ils ont terminé leurs investigations après qu'on ait emmené les victimes à l'hôpital.

Il ne parvint pas à lui faire entendre raison et en désespoir de cause, il lui proposa d'aller elle-même se rendre compte sur place. Il refusa qu'elle prenne sa voiture tant son état d'excitation l'inquiétait. Il l'accompagna avec les filles. Elle marchait à grands pas, les épaules recroquevillées, le regard fixe. Il la suivait, avec peine, tirant par la main ses nièces, grognons et affamées.

Elle se calma un peu, lorsque ayant parcouru dans tous les sens les lieux de l'imaginaire accident, elle ne trouva rien pour accréditer sa chimère. Elle consentit à rentrer et n'en parla plus de la soirée. Mais le lendemain matin lorsqu'il lui téléphona pour prendre de ses nouvelles, elle avoua, gênée, qu'elle pensait encore à l'accident. Elle ajouta, alors que le cœur de Mathieu se serrait :

– Cette fois-ci, je ne me laisserai pas bouffer par cette obsession, n'aie pas peur, petit frère !

Mathieu n'ajouta pas foi à sa promesse et se prépara mentalement au pire. L'idée fixe submergea la conscience de Sophie. Elle se recroquevilla un peu plus sur son canapé et dut prendre un arrêt-maladie. Un soir alors que Mathieu se trouvait chez elle, les pompiers sonnèrent à la porte pour réclamer leurs étrennes. Alors qu'il remettait à sa place le porte-monnaie de sa sœur dans lequel il avait puisé vingt francs, il s'aperçut que Sophie remettait son manteau dans l'armoire.

– Tu voulais sortir ? s'étonna-t-il.

– J'ai cru que c'étaient les gendarmes qui venaient m'embarquer, avoua-t-elle, penaude.

Elle se sentait si coupable qu'elle aurait trouvé normal d'être emmenée manu militari à huit heures du soir.

Il alla au siège du quotidien local acheter des exemplaires des journaux parus le lendemain et le surlendemain du supposé accident, en vain : l'obsession ne baissa pas d'intensité, car elle prétendit qu'un délit de fuite n'était pas assez important pour être mentionné dans la presse.

En désespoir de cause, il en parla à son beau-frère, Bruno. Ce dernier eut l'idée de prendre contact avec le policier municipal chargé de la circulation et se rendit avec lui au rendez-vous qu'il leur fixa. Leur interlocuteur leur prêta une oreille attentive :

– Voilà ma carte, conclut-il après leur avoir certifié qu'il ne s'était rien passé, dès qu'un doute effleure votre épouse, qu'elle me téléphone. Tous les accidents passent obligatoirement par mon bureau. Aucun ne peut m'échapper.

Lorsqu'ils se retrouvèrent dans la rue, Bruno explosa :

– Tu comprends pourquoi je l'ai quittée ? Je ne supportais plus ses craintes idiotes. Je l'aime encore pourtant, tu sais. Enfin, je le crois : si je n'éprouvais plus rien pour elle, j'accepterais mieux sa dépression. Mais là je n'en peux plus de la voir se détruire en rabâchant des conneries sans queue ni tête.

Ces paroles semblèrent faciles à Mathieu. Couper les ponts avec Sophie ne lui paraissait pas être une solution adaptée, même s'il comprenait la révolte de Bruno face à la déchéance et le naufrage de sa sœur.

L'idée fixe de Sophie disparut sitôt qu'elle eut en main la carte du policier. Par la suite, ses obsessions ne concernèrent plus la voiture comme si, inconsciemment, elle ne voulait s'angoisser que sur des choses invérifiables. Exaspéré par ses crises à répétition, Mathieu la tarabusta afin qu'elle consulte à nouveau un psychiatre. Depuis quelque temps, c'était le médecin de famille qui lui prescrivait ses médicaments et il se contentait de renouveler l'ordonnance, alors que sa dépression empirait. Il prit lui-même rendez-vous et l'accompagna jusque dans la salle d'attente afin d'être sûr qu'elle ne se dérobe pas à la dernière minute. Le spécialiste, un homme proche de la retraite, écouta Sophie avec bienveillance et lui posa une multitude de questions, mais elle ne se livra pas et ne répondit qu'en pointillé. Elle avait trop honte de ses peurs et de ses phobies pour les avouer. Elle cacha l'intensité et la gravité de son mal-être. Le médecin lui prescrivit cependant un nouveau traitement qui lui procura une amélioration passagère.

Pour briser la grisaille de son quotidien, Robili écrivit au siège parisien du parti républicain pour proposer son adhésion. La politique l'attirait et il s'était juré d'en faire une fois établi dans la vie. Confronté pendant son adolescence et ses années d'études au gauchisme, alors triomphant, il avait, par réaction et esprit de contrariété, opté pour la droite et n'avait jamais remis en cause son choix. Un mois après qu'il eut envoyé sa lettre, un homme qui se présenta comme étant Charlie Botellot, adjoint au maire, lui téléphona et l'invita à une réunion de la section locale du parti républicain. Il attendit impatiemment le rendez-vous. Sa vie lui semblait si monotone qu'il en appréciait chaque imprévu. Le jour dit, il fut le premier arrivé et s'angoissa un bon quart d'heure en se demandant s'il s'était trompé d'heure ou d'endroit, mais Botellot finit par arriver. C'était un quadragénaire bedonnant et courtois. Il l'interrogea sur ses motivations, lui donna une brochure contenant le programme du parti et lui apprit avec fierté qu'il avait la section la plus nombreuse du département.

Pourtant, sept personnes seulement vinrent les rejoindre. Botellot les présenta à mesure de leur arrivée : un couple de commerçants, deux médecins, un professeur de lycée, une dame qui parlait à peine français et qui était femme de ménage. Tomaso Lafa, le policier municipal qui l'avait reçu avec son beau-frère était également membre du parti républicain. Sans doute, avait-il engagé par la mairie du fait de ses opinions politiques, à moins qu'il n'eût adhéré au mouvement que par reconnaissance envers Bottelot dont il semblait proche. Il reconnut Robili et s'approcha de lui quand il eut fini de dialoguer avec l'adjoint au maire.

— Alors votre sœur ne m'a pas contactée. Elle n'a plus eu d'hallucinations ?

— Non en effet ! Elle ne s'imagine plus en délinquante routière. Votre intervention a été efficace et je vous remercie à nouveau pour votre obligeance.

Ils bavardèrent quelques minutes et sympathisèrent avant que Botellot n'annonce le début de la réunion. L'adjoint au maire présenta brièvement Mathieu avant de laisser la parole au policier municipal qui fit un tour d'horizon de la politique locale.

— Dominique Beaulieu, le président du racing, vient de déposer les statuts d'une association destinée, paraît-il à promouvoir notre région dans les médias nationaux, leur apprit-il. Tout cela est cousu de fil blanc ; il vise la mairie.

Botellot ricana :

— Beaulieu n'est qu'un Parigot qui ne doute de rien et qui nous considère comme des ploucs. Il s'imagine que nous allons-nous extasier devant lui parce qu'il est originaire de la Capitale ; en réalité il va prendre la gamelle de sa vie. Ce n'est pas parce que le club de foot gagne que les habitants de notre ville voteront pour lui. Saint Pierre le rejettera, car il est étranger à notre mode de vie.

La conversation glissa ensuite sur la politique nationale. Les médecins monopolisèrent la parole et incendièrent Mitterrand en déversant des banalités et des lieux communs. Mathieu, énervé par la faiblesse des arguments échangés, finit par répliquer et s'efforça de hausser le niveau du débat. Du moins, en eut-il l'illusion. En tout cas, il impressionna Botellot, car ce dernier à la fin de la réunion, le prit à part et lui proposa :

— Vous, qui êtes célibataire, avez sans doute beaucoup de temps libre. Que diriez-vous de devenir notre secrétaire de section ? Le poste est vacant.

Surpris, Mathieu protesta :

— Je débarque dans votre parti ! Je ne connais rien à la politique.

— Aucune importance. Vous avez du bon sens, c'est l'essentiel. En outre, vous êtes jeune, dynamique. Vous êtes l'homme qu'il nous faut.

Robili se laissa convaincre. Il sortit de cette réunion, excité à la limite de l'exaltation. Il mit longtemps à s'endormir, ressassant ce qu'il venait de vivre. Il adorait l'état second dans lequel il se trouvait. Lui, si raisonnable, lui qui s'efforçait de prévoir les moindres détails de sa vie, laissait de temps en temps vagabonder son esprit dans un monde fantasmagorique situé bien au-delà de sa trop monotone réalité. Et il faisait alors tout pour faire perdurer son rêve, redoutant de se réveiller et de retrouver la grisaille de son quotidien.

II

Bottelot prit Mathieu sous son aile et entreprit de faire son éducation politique. Il l'emmena tout au long de l'hiver, à des réunions, qui se révélèrent le plus souvent ennuyeuses, rarement intéressantes, mais que Mathieu apprécia, car elles lui permettaient d'échapper à son trop déprimant ordinaire. Le point d'orgue des meetings auxquels il participa fut un séminaire au siège parisien du parti. La dame qui organisait ce colloque était encore ministre l'année précédente ; elle s'excusa, gênée, que le repas du midi ne fut qu'un buffet. Vers midi, Mathieu la vit participer à la confection des toasts. L'image d'une femme autrefois toute puissante, beurrant elle-même les tartines de ses invités l'amusa au plus haut point.

Mathieu trouva les discours de cette journée creux et vides. Aux yeux des orateurs, la gauche était à la fois le mal absolu et une parenthèse qui se refermerait bientôt. Ils se référaient constamment aux chambres du Cartel des Gauches et du Front Populaire qui avaient investi l'une le conservateur Poincaré, l'autre le maréchal Pétain. Ils ne voyaient pas combien la situation était différente : en 1924, le parti radical qui faisait l'appoint des voix à la chambre des députés s'était séparé de la Gauche et associé à la Droite. En 1940, la défaite avait fracturé tous les mouvements politiques sans exception.

Par goût de la provocation, Mathieu posa une question absurde à un spécialiste du droit constitutionnel qui à la fin d'un exposé pontifiant se mettait à la disposition du public pour d'éventuelles précisions. Il demanda si le parlement pouvait adopter une loi restreignant la liberté de candidature à la députation à l'instar de celles qui existaient pour les présidentielles, en exigeant par exemple la signature du Président de la République pour avoir le droit de se présenter. À sa grande surprise, le conférencier prit sa question loufoque au sérieux. Il expliqua brièvement qu'une telle loi serait jugée anticonstitutionnelle et vint à lui pendant le buffet pour compléter et préciser sa réponse. Robili en conçut un sentiment ambigu de puissance, celle que ressent le bouffon à la cour d'un prince. Il aimait ce décalage qui lui permettait de se sentir différent et de ce fait supérieur aux autres invités du colloque.

Grâce à ses nouveaux médicaments et au retour du soleil, le moral de Sophie s'améliora. Elle prit rendez-vous chez un coiffeur afin de cacher par une teinture quelques cheveux blancs précocement apparus. Elle osa s'acheter seule une robe, alors que sa mère choisissait d'ordinaire ses vêtements à sa place, mais cette embellie ne dura pas et elle replongea brutalement dans la dépression.

Ce furent, au début, quelques signes imperceptibles, qui alertèrent Mathieu : un repas où elle ne dit pas un mot, l'oubli d'une série télévisée que, d'habitude, elle ne manquait sous aucun prétexte, une consultation trop fréquente des livres dont elle s'était servie pendant ses études d'infirmière. Il n'osait l'interroger de peur d'être confronté à une nouvelle obsession qu'il ne saurait pas contrer. Mais devant l'aggravation de son mutisme et de sa tristesse, il se résigna à lui demander ce qui la tracassait. Il dut répéter sa question, tant elle semblait perdue dans un rêve intérieur.

– Tout va bien, l'assura-t-elle.

Elle s'efforça de lui sourire avant de se lever de son canapé ; elle essaya de donner le change en s'intégrant dans le jeu de ses filles qui s'amusaient à la dînette. Il ne fut pas dupe, il harcela Sophie jusqu'à ce qu'elle avoue l'objet de son idée fixe :

— Encore une connerie que je n'arrive pas à oublier. expliqua-t-elle d'une voix blanche. J'ai fait un intérim au début de mon mariage dans une clinique du centre-ville. J'avais à m'occuper entre autres d'une gosse, la nièce du directeur, qui y était hospitalisée. Ses défenses immunitaires fonctionnaient mal et elle attendait dans cet établissement proche de son domicile, que le CHR voisin lui trouve enfin un donneur de moelle osseuse compatible. La veille de mon départ définitif de la clinique, j'ai eu un accrochage avec la mère, qui m'a reproché de ne pas avoir changé ses draps qu'elle avait souillés. Le soir alors que je dosais pour elle un médicament, je me suis remémoré l'incident et cela m'a perturbée. J'ai peur d'avoir donné une solution trop concentrée, de ne pas l'avoir diluée comme je l'aurais dû et d'avoir tué cette gosse car le produit que je lui ai administré est dangereux : il peut détruire le rein s'il est absorbé en trop grande quantité. Si ses organes internes étaient endommagés, la greffe était impossible et elle était condamnée.

— Tu dis des âneries, Sosso ! Ces faits se sont déroulés, il y a huit ans et tu ne t'en préoccupes que maintenant.

— Sur l'instant, je me suis dit que je ne m'étais pas trompée dans mon dosage.

— N'importe quoi ! Tu n'as pas oublié de diluer cette satanée solution. Ce n'est pas possible. Jamais tu n'aurais commis une telle sottise, voyons

Elle baissa les yeux :

— Un doute m'a effleuré au moment où elle buvait son médicament. J'ai essayé de me souvenir si j'avais oui ou non dilué la solution, mais je ne me rappelais plus ce que j'avais fait.

Elle haussa les épaules avec colère, avant de marmonner :

— J'en ai assez ; je n'ai sûrement commis aucune erreur. Je ne veux plus en parler.

Il soupira, accablé et elle ajouta, précipitamment en s'efforçant de lui sourire :

— Cela va passer, frérot. Ne t'inquiète pas. Je suis ridicule de remuer ces pensées stupides !

Elle l'embrassa sur la joue, comme elle le faisait quand ils étaient enfants et qu'elle voulait le consoler d'un bobo. Malheureusement, son obsession n'abdiqua pas. Elle s'installa et l'entraîna dans un univers cauchemardesque ravagé par des sentiments gémellaires de culpabilité et d'humiliation.

Mathieu essaya de la raisonner, mais ses arguments étaient impitoyablement balayés par une Sophie qui se complaisait dans l'insolubilité de son angoisse. Elle avait l'avantage du terrain, car elle connaissait mieux le milieu médical que lui et était la seule détentrice de souvenirs désespérément défaillants. Elle prétendit être partie le lendemain de l'incident, car son intérim s'achevait ; de ce fait, elle n'aurait pas été informée d'une éventuelle aggravation de l'état de la petite malade. Elle affirmait de même que personne ne lui aurait demandé de comptes en cas de malheur, puisqu'une infirmière n'était pas censée commettre des erreurs. Elle avait réponse à tout et contrait toutes ses tentatives pour la rassurer.

Avec rage, il revenait toujours au même argument cent fois rabâché et cent fois rejeté : elle ne s'était pas trompée dans le dosage, car pendant huit ans elle avait totalement oublié cette affaire. L'aurait-elle chassée de sa mémoire si elle avait commis une erreur fatale ? Elle lui rétorquait que sa faute était si grave qu'elle l'avait refoulée hors de ses souvenirs, que son amnésie constituait un système de défense contre une réalité trop angoissante, mais que les barrages avaient fini par craquer.

Exaspéré, il décida de contacter le directeur de la clinique qui était aussi l'oncle de la fillette. Dans une lettre, plusieurs fois remaniée et écrite avec peine, il s'inventa un filleul touché par la même maladie que la petite fille. Il raconta, que sa sœur s'étant souvenue de ce cas rencontré pendant son intérim, il s'était permis d'écrire pour demander des nouvelles, car il recherchait des témoignages rassurants pour les malheureux parents. Malgré les supplications de Sophie, honteuse de ses fantasmes, et qui l'assurait qu'elle vaincrait son idée fixe, il envoya la missive.

La réponse tarda à arriver. Sophie se décomposa lorsque le délai s'allongea anormalement. Elle soupçonna son frère de lui cacher la vérité et s'imagina que son ancien patron avait informé Mathieu du décès de la fillette.

Robili trouva enfin le courrier espéré dans sa boîte à lettres. Il balança longtemps à l'ouvrir, tant il craignait ce qu'il allait lire. Que se passerait-il si l'enfant n'avait pas survécu ? Il était à bout de ressources et ne savait plus que faire pour soulager sa sœur.

Mais le directeur l'informait que les ennuis de sa nièce avaient pris fin. Elle avait reçu sa greffe et avait pu vivre à nouveau dans un environnement normal. « *Elle va aussi bien que possible.* » concluait-il.

Elle lut longuement la lettre, essaya de prétendre que le rein avait pu, malgré tout, être endommagé, puis renonça, mais à regret à son obsession.

Mathieu sortit démoralisé de cette épreuve. Il se souvenait de la Sophie joyeuse de son enfance. Il n'acceptait pas de la voir recroquevillée sur son canapé. Chaque chimère qu'elle se complaisait à construire, nécessitait, pour la vaincre, un combat, un corps-à-corps glauque avec une logique folle qu'il n'arrivait que difficilement à terrasser. L'avenir, la lente et inexorable nuit qui la happait, le terrifiait et il vivait continuellement avec la peur au ventre.

Le printemps s'écoula sans qu'une nouvelle crise ne frappe Sophie. Mathieu ne se rassura pas pour autant. Il avait l'impression de piloter une lourde barque sur une mer infinie parsemée de récifs. Il commençait à être gagné à son tour par la dépression lorsqu'une rencontre lui changea les idées. Un vendredi soir du mois de mai, alors qu'il revenait d'une soirée passée chez sa sœur, son téléphone sonna :

— Bonjour, je suis Hubert Feustein le secrétaire de Dominique Beaulieu ; il souhaite faire votre connaissance. Est-ce vous libre ce soir ?

— Mais il est vingt-deux heures ! protesta Mathieu.

— Vous trouvez l'heure trop tardive, peut-être, pour une rencontre ?

— Non !

— Alors, soyez-en bas de chez vous dans cinq minutes !

L'inconnu raccrocha aussitôt sans lui laisser le temps de refuser. Abasourdi, Mathieu Robili se rhabilla et sortit tout en se demandant s'il n'était pas victime d'une farce. Une voiture de sport s'arrêta peu après à sa hauteur et un homme, blond, échevelé et mal rasé lui ouvrit la portière et l'invita à monter.

— Bonjour je suis Dominique Beaulieu. Je suis content de vous rencontrer ! Mon assistant a ces derniers jours régulièrement téléphoné chez vous, mais vous n'étiez jamais là. Aussi dès qu'il vous a joint ce soir, nous avons sauté sur l'occasion !

— Je suis souvent chez ma sœur et rarement chez moi. Je ne saisis pas, monsieur Beaulieu. Vous souhaitiez me parler ?

— Bien sûr ! Sinon je ne vous aurais pas dérangé ce soir ! Allons prendre un verre au Saint-Georges. Vous y allez souvent ? Je ne rappelle pas vous y avoir croisé.

— Je ne connais pas ce café !

— Vous allez le découvrir alors ! C'est le seul bistrot valable de cette ville !

— Mon nom est Mathieu Robili. Est-ce vraiment moi que vous cherchiez à joindre ? Ne faites-vous pas erreur ?

La voiture s'arrêta dans un crissement de freins devant un estaminet à la façade fraîchement repeinte.

— Non, c'est bien vous que je souhaitais contacter ! Vous êtes ingénieur DDE et secrétaire de la section locale du parti républicain, précisa Beaulieu.

— Je vous intéresse parce que j'ai des responsabilités politiques ? Pourtant, j'occupe un poste fantôme dans un mouvement fantôme.

Beaulieu sourit devant la hargne avec laquelle il avait répondu et sortit de la voiture. Mathieu n'arriva pas à ouvrir sa portière et l'avocat dut venir à son aide. Il faisait doux et de la musique sourdait du café. Ils entrèrent dans une pièce tapissée de rouge et de vert, au décor moderne et cuivré. Un garçon interpella l'homme d'affaires en levant les doigts en signe de victoire.

— Dominique, demain tes joueurs passeront dix buts aux gueugnonnais !

— Je me contenterai d'un à zéro !

Dans un coin de la salle, un pianiste barbu et obèse jouait un morceau de jazz. Ses doigts couraient avec légèreté sur le clavier alors qu'il regardait le plafond d'un air inspiré. Mathieu suivit son hôte juste à un box isolé où les attendait un homme, grand et maigre qui se leva à leur arrivée et lui serra vigoureusement la main.

— Hubert Feustein, se présenta-t-il.

Mathieu s'assit, mal à l'aise.

— Que buvez-vous ? lui demanda l'avocat.

— Je ne sais pas ! Comme vous !

Beaulieu commanda trois cocktails au nom exotique. Puis il se tut, voulant jouir de la musique. Lorsque le son du piano mourut et que les applaudissements du public s'arrêtèrent, il se tourna brusquement vers son invité. Il darda son regard dans le sien et lui demanda brutalement :

— Que pensez-vous de l'équipe municipale actuelle ?

— Sa gestion est archaïque et calamiteuse.

— Je suis tout à fait d'accord avec vous ! Mais les choses vont bientôt changer.

— Allez-vous vous présenter aux municipales ?

— Bien sûr ! Il faut virer les incapables qui dirigent Saint-Pierre. Et je vous propose de me soutenir !

– Je ne le ferais que si vos ambitions sont dictées par le souci du bien public.

Robili regretta sa remarque aussitôt émise, car elle lui parut trop insolente, mais l'avocat l'irritait par ses manières abruptes. Beaulieu ne se fâcha pas. Il but une gorgée du cocktail que le garçon venait d'apporter.

– À la vôtre ! Je suis venu ici parce que j'avais envie de diriger un club de football et que le Racing de Saint Pierre était en vente. Je ne connaissais pas du tout votre région, mais ce que j'ai découvert m'a stupéfié. L'Oustrélie est en train de crever et personne ne lève le petit doigt pour elle. Je ne peux pas le supporter !

Robili avala d'un trait le contenu de son verre. L'alcool lui monta aussitôt au cerveau et lui donna l'audace qui lui faisait défaut d'ordinaire.

– Savez-vous, comment j'ai surnommé cette région ? *Le Pays des Crétins* ! Du fait des tares génétiques induites par l'alcoolisme et la pollution, vingt pour cent de la population locale est débile au sens médical du terme. Les taux d'inceste et d'analphabétisme sont les plus élevés de toute la France. Parfois, la seule solution que j'entrevois, serait de faire partir tous les habitants, de raser cette ville et les villages qui l'entourent, et de laisser la lande les recouvrir. Jamais des hommes n'auraient dû vivre dans cet endroit.

L'avocat éclata de rire.

– Eh bien ! Vous proposez des solutions radicales, que je présume volontairement provocatrices. Je ne vous suivrai pas sur ce terrain. Pour ma part, je veux me battre pour sauver l'Oustrélie, lui redonner de l'espoir et de la dignité.

– Qu'attendez-vous de moi ?

– Votre soutien et votre appui !

– Je ne représente rien et ema collaboration ne vous sera d'aucune utilité.

– Vous vous sous-estimez, je pense. Je souhaite enrôler sous ma bannière tous les éléments dynamiques et toutes les bonnes volontés de cette ville. Vous faites vraiment partie de la catégorie d'hommes que je recherche.

Mathieu haussa les épaules en essayant de prendre un air méprisant avant de rétorquer, acide :

— Vous vous méprenez ! Je suis incapable de vous fournir la moindre aide.

— Commencez par adhérer à l'Ares, le mouvement que j'ai fondé. Aidez-moi à former une liste solide pour les municipales. Vous connaissez beaucoup de monde ! Votre carnet d'adresses me serait diablement utile.

Mathieu, dont le jugement était altéré par l'alcool, lança une réplique qu'il voulait sarcastique mais qui se retourna contre lui.

— Vu mes fonctions il est hors de question de me présenter ou de solliciter, pour vous, mes contacts professionnels. Mais j'aurai quelqu'un à vous proposer. Ma sœur m'a demandé, hier, comment être candidate, juste pour contrer sa directrice Brigitte Delhaye qui, comme vous le savez sûrement, sera la tête de liste communiste. Elle ne s'entend pas avec elle.

Il se moquait de son interlocuteur. Que Sophie fût candidate aux municipales lui semblait du plus haut comique.

— Quel métier exerce votre sœur ?

— Elle a un diplôme d'infirmière, mais elle occupe actuellement un emploi d'éducatrice au centre pour handicapés que dirige Mme Delhaye.

— Elle m'intéresse. Ma liste manque de jeunes femmes engagées dans la vie active.

Mathieu se mordit les lèvres. Sa bravade se retournait contre lui. Il était hors de question que Sophie se présente, mais il ne trouva aucun moyen de décliner l'offre puisqu'il l'avait lui-même proposée. N'arrivant plus à se dépêtrer d'une situation qui le dépassait, il décida de s'en aller.

— Je suis fatigué. Si vous le permettez, M. Beaulieu je vais rentrer chez moi et réfléchir à notre conversation. Ce n'est ni l'endroit ni le moment pour la poursuivre.

Sa dérobade sembla contrarier l'avocat :

— Dommage, notre discussion était bien partie.

— Nous aurons sûrement l'occasion de nous reparler.

— Je vous invite à déjeuner ce dimanche. Je connais un établissement sympa où on mange magnifiquement. Je vous interdis de me répondre « *non* » !

— Je ne pense pas qu'un repas soit bien utile.

— Oh que si ! Je dois à tout prix faire plus ample connaissance avec vous. Et surtout amenez votre sœur.

Robili hésita à décliner d'emblée l'offre et biaisa :

— Donnez-moi votre numéro de téléphone. Je vous confirmerai ou infirmerai demain notre rendez-vous.

Feustein lui tendit une carte que Robili fourra dans sa poche. Il prit congé tout en refusant énergiquement qu'on le raccompagne en voiture. Il passa par le comptoir pour demander l'addition. Outré, Beaulieu le rejoignit d'un bond.

— Laissez ! Voyons ! Vous êtes mon invité.

— Ne vous vexez pas, mais il est hors de question que vous m'offriez ce verre, vu ma fonction à la DDE.

Beaulieu s'esclaffa :

— Votre réputation n'est plus à faire. Vous avez renvoyé les traditionnels cadeaux de fin d'année que les entreprises font aux ingénieurs. Personne ne l'a fait avant vous. Voyez ! J'ai pris mes renseignements sur vous. Mais là vous exagérez. Je ne possède aucune société de travaux publics. Je ne cherche absolument pas à vous corrompre.

— Je ne changerai pas mes principes pour vous. Dimanche, si j'accepte votre invitation, je paierais ma part ainsi que celle de ma sœur.

Beaulieu le dévisagea, amusé.

— Comme vous voudrez ! Je vais mettre le paquet pour vous convaincre de m'aider. J'ai trop besoin d'hommes de votre tempe.

Lorsqu'il se retrouva seul, sur le trottoir Mathieu se demanda ce qu'il devait faire. Jusqu'alors, il ne connaissait Beaulieu que par les qualificatifs ironiques et méprisants dont l'affublaient

Botellot et Lafa. Par loyauté envers eux, il se sentait obligé de refuser les propositions de l'avocat. Cependant, ce dernier avait mis le doigt sur un point sensible. Mathieu était révolté par l'impéritie de la municipalité sortante et par son incapacité à gérer correctement la ville. Le président du Racing n'aurait aucun mal à faire mieux qu'elle et il méritait vraiment qu'on lui donne sa chance. Robili eut beaucoup de mal, ce soir-là, à s'endormir tant il ressassait son dilemme.

III

Le lendemain, Mathieu téléphona à Tomaso, pour lui rendre compte de son entrevue de la veille et lui demander conseil.

— Rien d'étonnant à ce que Beaulieu s'adresse à toi, lui apprit goguenard son ami. Il a contacté tous ceux qui ont un soupçon d'influence à Saint-Pierre, sans aucun succès d'ailleurs. Botellot et moi avons eu droit, chacun notre appel téléphonique personnel.

— Pourquoi as-tu rejeté son offre ? L'équipe actuelle est en dessous de tout !

— Eh, modère tes propos, je te rappelle que nous appartenons à l'exécutif municipal. Plus sérieusement ni Charlie ni moi ne sommes des traîtres. La loyauté existe en politique vois-tu. Et puis, Beaulieu, le beau parleur, est aux abois. Il n'a aucune chance de gagner les élections ni même de se maintenir au second tour. Il sera même incapable de monter une liste valable, car personne ne veut le rejoindre. De plus Dusart va enfin démissionner et laisser sa place à Jolves. Les choses vont bouger.

En effet, le vieux sénateur-maire avait promis lors de la dernière élection de ne pas terminer son mandat. Il avait traîné les pieds, avant de tenir parole six mois avant l'échéance. Il mettait ainsi en piste celui qu'il avait choisi comme successeur, Philippe Jolves, un commerçant qui dirigeait un magasin de décoration et était membre d'une des grandes familles patriciennes de la ville.

— Saint-Pierre est à prendre, affirma Mathieu têtu. N'importe quel bellâtre qui se prétendra de droite et qui ne sera pas Jolves sera élu.

Lafa marqua un temps de silence avant de reprendre :

— Tu te trompes : nous passerons sans problème. Mais tu es libre de tirer tes propres conclusions et nous ne t'en voudrons pas si tu rallies Beaulieu. Ton engagement à ses côtés ne changera rien ni à nos relations ni à ta situation dans le parti.

Robili déchiffra le message sous-jacent. Lafa souhaitait probablement qu'il approfondisse ses contacts afin de disposer d'un cheval de Troie dans le camp de ses adversaires. Il raccrocha perplexe ne sachant toujours pas s'il allait répondre positivement aux sollicitations de Beaulieu.

Ce qui le décida fut la réaction de Sophie. À sa grande surprise, sa sœur le poussa à accepter l'invitation. Obsédée par son conflit avec sa directrice, elle était ravie à l'idée de se présenter aux municipales et de jouer un bon tour à sa persécutrice. En revanche, elle moquait des conséquences et des implications de sa candidature. Sophie d'une manière générale était incapable de se projeter dans l'avenir. Elle ne voyait que les effets immédiats d'une décision et cet état d'esprit exaspérait d'ordinaire son frère. Cette fois son envie puérile de se porter candidate lui servit d'alibi pour trancher dans le sens qu'il souhaitait au fond de lui.

Le repas eut lieu dans un établissement du centre-ville. Feustein accompagnait son patron à contrecœur ; il était persuadé qu'ils perdaient leur temps avec Robili, mais lorsqu'il vit Sophie, son intérêt s'éveilla. Lui qui avait connu et séduit maintes femmes, sentit qu'il venait de rencontrer un oiseau rare, d'une espèce jamais encore chassée. Sophie lui sembla jolie, attirante, différente. Il fut troublé par son regard sauvage et halluciné et il eut immédiatement envie de la conquérir.

Beaulieu eut l'habileté de laisser s'exprimer Mathieu sans l'interrompre. Il l'écouta s'épancher sur la gestion à ses yeux calamiteuse de la municipalité et sur les priorités, selon lui, de la future mandature : réhabiliter les façades lépreuses, créer de crèches, des espaces verts et des centres pour la jeunesse… Robili avait une foule de propositions à émettre.

À la fin du repas, l'avocat proposa à son hôte :

— Je voudrais vous montrer quelque chose. Je vous y emmène avant le café ?

— D'accord, je vous suis !

— Et vous Sophie, souhaitez-vous nous accompagner ?

— Je préfère vous attendre ici si cela ne vous dérange pas.

— Je vous laisse alors sous la garde de Feustein. Il promet d'être sage et de ne pas en profiter.

Beaulieu embarqua Mathieu dans sa Bentley et le conduisit au point de vue où il s'était arrêté la première fois qu'il était venu dans la cité ardennaise.

— Quiconque s'arrête là comprend en un instant les problèmes de Saint Pierre. Vous voyez cette forêt de cheminées ? Il y a dix ans, elles fumaient vingt-quatre heures sur vingt-quatre, tous les jours de la semaine ! Combien sont encore en service ? Même pas le quart et aucune ne fonctionne le dimanche. Cette ville ne vivait que pour l'industrie sidérurgique et lorsque celle-ci a périclité, l'agglomération a perdu l'essentiel de ses forces vives. Elle est maintenant exsangue. Je vais briser le cercle vicieux qui entraîne Saint-Pierre vers les abîmes. Mon père était déjà riche. J'ai décuplé sa fortune. Gagner de l'argent m'a procuré beaucoup de plaisir autrefois, mais je me suis lassé de ce plaisir, car il est trop factice, trop égoïste. Je recherche d'autres sensations, plus ouvertes sur les autres. C'est pour cette raison que j'ai repris le club de football, mais ce n'était qu'une entrée en matière.

Il brandit un index en direction de Mathieu pour marquer son propos.

— Je veux devenir maire de cette ville afin de lui rendre sa prospérité d'autrefois. C'est un pari impossible, mais c'est parce qu'il est impossible que je désire le tenter.

Il semblait, il était sincère, et parce qu'il l'était, il gagna Mathieu à sa cause.

— Je vous aiderai dans votre combat. Je ne vous serai sans doute pas d'une grande utilité, cependant je ferai le maximum pour vous.

Feustein, resté seul avec Sophie, engagea une conversation ponctuée de longs silences. Elle répondait avec réticence à ses questions anodines sur ses enfants ou son travail. Cette réserve, loin de le refroidir, excita l'intérêt du secrétaire de Beaulieu. Il était las de répéter les mêmes paroles pour conquérir le même type de fille. Il appréciait d'être, avec Sophie, en dehors de tout code, loin des sentiers battus. Elle lui semblait mystérieuse, distante, farouche, il avait une furieuse envie de forcer les barrières qu'elle dressait, mais il sentait qu'il devait être prudent et n'avancer qu'à pas feutrés.

— Vous êtes séparée de votre mari depuis longtemps ?

— Depuis six mois.

— Vous n'avez jamais songé à refaire votre vie ?

— Qui voudrait de moi ? J'ai deux filles. Je suis quelconque, ennuyeuse et je ne m'intéresse à rien.

Elle parlait avec agressivité, pour contrer ce qu'elle prenait à juste titre pour une tentative de séduction. Qu'il la drague la révoltait, car elle n'était pas comme les autres. Elle n'était qu'un boulet que son entourage devait traîner, qu'un mistigri dont on se dépêchait de se débarrasser. Il lui rétorqua sans cesser de sourire :

— Dans votre famille, vous cultivez l'art de l'auto-dénigration ! Votre frère nous serine qu'il n'est qu'un petit ingénieur sans importance et vous l'imitez en vous rabaissant. Un homme bien élevé ne doit jamais contredire une jolie femme. Je vous confirme donc que vous êtes moche et sans intérêt. Je plaisante, bien sûr.

Elle était désemparée. Elle avait hâte que Mathieu revienne et qu'elle puisse s'en aller. Feustein s'enhardit :

— Je suis masochiste. J'ai envie de sortir avec vous la semaine prochaine afin de mieux vous connaître.

— Navrée. Je ne peux accepter votre proposition. N'y voyez rien de personnel. Je déclinerais de même toute autre invitation, quel que soit celui qui la formule.

— Laissez-moi deviner. Vous avez juré à votre vieux père sur son lit de mort de ne jamais regarder un autre homme que votre mari, car votre papa était un catholique pratiquant qui désapprouvait votre séparation.

— J'ai mes enfants.

— La semaine suivante alors, lorsqu'elles seront chez leur père ?

— Non !

— Pourquoi ce « *non* » brutal et méchant ? Je vous déplais ? Je ne suis pas assez beau ? Pas assez drôle ? Dites-moi franchement ce que vous me reprochez. Allez Sophie ! Regardez-moi dans les yeux et jurez-moi que je ne suis pas votre type d'homme.

Elle haussa les épaules.

— Aucun homme n'est mon type ! Je ne sors avec personne. Voilà tout !

Les larmes lui montèrent aux yeux. Elle aurait pleuré si Beaulieu et Mathieu n'étaient pas revenus sur ces entrefaites. Se prétendant lasse, elle demanda à partir sans attendre le café. Lorsqu'elle prit congé, elle tendit la main à Feustein, mais celui-ci se permit de l'embrasser sur les joues et elle se laissa faire.

Le soir, Bruno, le mari de Sophie lui ramena leurs fillettes. Il s'attarda, l'aida à coucher les enfants. En se dirigeant vers le placard de l'entrée pour chercher son manteau, il finit par bredouiller les phrases qu'il avait préparées depuis quelques jours. Il avait choisi avec soin chacun de ses mots.

— Tu sais : j'ai parfois envie de revenir. J'ai la nostalgie de notre vie de famille

Il ajouta, alors que Sophie ne disait rien :

— Je t'aime toujours même si je ne supporte plus ta maladie.

Elle le regarda, mélancolique, et un éclair traversa ses yeux verts, eux qui, d'ordinaire, étaient éteints.

— J'ai gâché ton existence. Tu m'as donné huit ans de ta vie. Je n'en méritais pas tant ! Je ne suis qu'une charge et un poids mort. Tu as eu raison de me laisser tomber.

— Ton frère m'a remplacé. Ce n'est pas normal.

— Cette situation est provisoire. Il se mariera ou partira de cette ville. Il vaut mieux que je sois seule et que je n'embête personne.

Il prit son parka et s'en alla avec le sentiment du devoir accompli. Il avait essayé et proposé sans conviction de revenir. S'il avait insisté, elle serait soumise, soulagée et si elle avait répliqué avec moins d'agressivité, il aurait persévéré dans sa tentative.

Elle alla à sa fenêtre pour le regarder monter dans sa voiture. Elle ne l'aimait plus ; sans doute même ne l'avait-elle jamais aimé. Elle avait éprouvé autrefois une passion hors norme pour François, un médecin rencontré lors d'un stage dans un hôpital. Elle avait connu avec lui six mois d'un bonheur sauvage, mais lorsqu'elle s'était installée chez lui, le cauchemar avait commencé. Une plaque d'eczéma, née derrière l'oreille, se mit lentement à recouvrir sa joue droite. Aucune pommade, aucun traitement ne purent en venir à bout. Certains docteurs incriminèrent les hormones, d'autres évoquèrent des origines psychologiques. La peur irraisonnée d'être définitivement défigurée l'avait envahie. Elle restait des heures devant une glace à regarder les lents et inexorables progrès du mal. François l'avait supportée un an avant qu'elle ne parte. Il refusait la séparation, mais elle l'avait quand même quitté. Elle l'aimait trop pour lui infliger le spectacle de sa déchéance. Une dépression profonde avait suivi cette rupture. Pendant deux ans, elle avait refusé obstinément de prendre des antidépresseurs, par crainte que ces médicaments ne favorisent le psoriasis. Elle ne céda aux injonctions de son docteur, que lorsque l'envie de mourir se fit trop insistante et qu'elle fit une tentative de suicide. La plaque rebelle se dessécha alors et régressa en quelques semaines.

Par ennui, par désespoir, elle consulta les annonces matrimoniales d'un journal gratuit. Sans conviction, elle répondit à l'une d'entre elles. Elle rencontra ainsi Bruno, à qui dès le premier jour, elle ne cacha rien. Il s'enthousiasma et elle se laissa faire, toute à la fois résignée et soulagée qu'un homme rassurant s'intéresse à elle. Son mariage ne l'avait pas comblée, mais il lui avait permis de surnager au quotidien. Au début, elle pensa beaucoup à François, à sa passion envolée, aux moments merveilleux passés avec lui avant que ses sentiments ne finissent par se diluer à force d'être ressassés. L'affection sincère qu'elle avait un temps ressentie pour Bruno s'était estompée, usée, à mesure qu'elle prenait conscience de son impuissance à la sauver. Dans son naufrage, il ne restait plus à Sophie que son attachement pour ses proches. Elle était une âme à demi morte, qui traînait son corps dans un monde étranger et hostile.

Dès le lendemain, Mathieu Robili avertit Botellot de sa nouvelle allégeance et lui proposa de démissionner du parti républicain.

— Contente-toi de quitter ta fonction de secrétaire de section, grommela Charlie. Ce poste n'avait pas de titulaire avant toi et il n'en aura pas après ton départ. Pourquoi t'exclure du parti ? Tu y tiens vraiment ? Tu n'es pas bien chez nous ?

— Je ne veux pas te créer d'ennuis.

— Ne t'inquiète pas ! Abandonne simplement tes responsabilités au sein du mouvement. Cette démission suffira pour sauver les apparences vis-à-vis de nos alliés. Tu reprendras ton poste dès que Beaulieu aura pris sa claque aux municipales. Je ne lui donne pas plus de dix pour cent des voix. Il est étranger au pays et, quelles que soient ses qualités, les Saint-Pierrais ne lui feront jamais confiance. À toi, il te paraît merveilleux parce que tu viens de l'extérieur. Tu ne le juges pas de la même façon que nous, les indigènes.

Mathieu n'insista pas, mais il ne partageait pas l'analyse de son ami. Il sentait que la ville était mûre pour le changement.

Le jeudi Sophie reçut un énorme bouquet de roses. Sur la jolie carte qui l'accompagnait, Feustein avait écrit :

« J'ai remué ciel et terre et j'ai réussi à dénicher votre adresse ! Puisque samedi de la semaine prochaine, vos enfants seront chez leur père, pourquoi ne pas dîner avec moi au restaurant où nous avons déjeuné avant-hier ? Je vous y attendrai à partir de dix-neuf heures même si vous me répondez que vous ne viendrez pas. Inutile donc de me répondre. Laissez-moi au moins l'espoir. »

Elle savait pertinemment que ses mots étaient mensongers, qu'il avait usé de phrases toutes faites et employé une méthode éculée de séducteur en se posant en amoureux transi, mais elle relut, rêveuse, plusieurs fois le texte.

Cette invitation l'obséda plusieurs jours avant que ses préoccupations ne changent brutalement et qu'une autre idée fixe ne s'implante dans son esprit. Sa directrice s'en prit à elle pour une question futile, une porte extérieure qu'elle avait oublié de fermer à clé en partant ; elle lui fit de violents reproches. Sophie ne le supporta pas, elle resta, tout le week-end, couchée tant l'injustice de l'attaque l'avait affectée. Mathieu, une fois de plus s'occupa seul de ses nièces. Il ne les laissa que pour aller assister au quart de finale de coupe de France que disputait Saint-Pierre et auquel l'avait convié Beaulieu.

Ce soir-là, Robili découvrit, avec déplaisir, l'emprise de Beaulieu sur les supporters. En se rendant au stade à pied, il croisa des hordes de jeunes gens, aux visages peints aux couleurs bleues et vertes du club, qui vociféraient. Impressionné et mal à l'aise, il retrouva Dominique devant les vestiaires et discuta un long moment avec lui en attendant que le match commence. Comme à son habitude, l'avocat en profita pour poser à Robili une foule de questions sur Saint-Pierre et ses habitants. Lorsque

Beaulieu l'interrogea sur son adversaire communiste Brigitte Delhaye, Mathieu explosa. Encore révolté par le spectacle navrant de Sophie recroquevillée sur son canapé, il épousa, sans nuances, la rancœur de son aînée :

— Tu veux franchement mon avis ? Nous avons affaire à une hypocrite sans scrupules qui se sert de son parti pour réussir et qui est dépourvue de toute conviction profonde. Voilà une anecdote qui résume le personnage : elle a affirmé en conseil d'établissement avoir refusé, un poste à une postulante ayant a priori le profil voulu, parce qu'elle était grande et noire et qu'elle avait peur que les parents ne soient choqués. Et elle se dit de gauche ! De toute manière, son management est particulier : elle drague ouvertement les employés du centre qui lui plaise et elle est coupable d'un harcèlement sexuel caractérisé. Elle a de la chance que personne n'ait porté plainte. Pourtant, elle vit avec un concubin, un pseudo musicien plus jeune qu'elle de vingt ans et avec qui elle se dispute tout le temps. J'ajouterai pour compléter le tableau ses manœuvres pour obtenir la construction d'un ascenseur qui faciliterait, soi-disant, l'accès du premier étage d'un bâtiment aux handicapés moteurs, alors qu'une réorganisation du rez-de-chaussée permettrait d'obtenir le même résultat pour dix fois moins cher. Sa campagne pour l'ascenseur lui permet de se faire connaître dans les médias et de se construire à bon compte une image de générosité et de dévouement. Et cerise sur le gâteau, elle touchera, en tant que directrice, un pourcentage sur les travaux !

Beaulieu avait écouté religieusement Robili débiter ses horreurs sur Delhaye.

— Tes révélations sont fascinantes, Mathieu ; nous en reparlons une autre fois. Il est temps d'aller faire un tour aux vestiaires. Viens ! Je vais te présenter à mes petits gars.

L'ingénieur le suivit à reculons. Il serra des mains moites et distraites pendant un temps qui lui sembla interminable avant de se retrouver assis à côté de Feustein dans un stade emporté par la folie chauvine. Chaque fois qu'un joueur Saint-Pierrais touchait le ballon, les cris d'encouragements et les applaudissements fusaient. à contrario, les insultes et les sifflets saluaient les actions de l'adversaire.

Mathieu se sentait en décalage par rapport à la foule qui l'entourait. Même Feustein participait de bon cœur aux hourras et aux vagues qui périodiquement secouaient le stade. Il regretta fugitivement cette indifférence, car il devinait la jouissance que ses voisins de stade éprouvaient à se fondre dans une cause, à communier dans une ferveur intense, à n'être plus qu'un élément d'un grand tout. Hélas, il était trop sceptique pour s'ouvrir à ce type d'émotions. Il essaya, une fois, de se soulever comme les autres, de suivre le rythme, de lever les bras au ciel, mais il eut l'impression d'être le point de mire du stade tant il se sentait ridicule et maladroit et il s'empressa de se rasseoir.

Saint-Pierre gagna deux à zéro, bien que son adversaire jouât en première division. L'image qui frappa le plus Mathieu dans cette soirée de folie fut celle de Beaulieu effectuant un tour d'honneur en brandissant une gigantesque oriflamme verte et bleu. La foule le salua debout, en scandant : « *Beaulieu ! Beaulieu !* ».

C'était une atmosphère étrange, malsaine. C'était comme si les hordes de supporters hurlaient « *Heil ! Heil !* » et que Dominique fut un führer en devenir. Il s'effraya de voir son mentor user des ficelles douteuses du fascisme : l'instinct de meute et la communion de masse. Mais il se reprocha d'en ressentir la morbide attirance.

La force qui l'obligeait régulièrement à brûler ce qu'il avait préalablement adoré, était à l'œuvre. Il avait choisi, enthousiaste, Beaulieu et déjà il se détachait de lui.

IV

La deuxième semaine du mois de juin fut pour Dominique un véritable chemin de croix. Le dimanche, il eut un malaise et il sollicita dans l'urgence un rendez-vous chez le neurologue qui le suivait, le professeur Lancar. Il subit toute une batterie d'examens le mardi matin avant d'être reçu dans la foulée par le spécialiste. Ce dernier l'accueillit avec un large sourire.

— Vous aviez tort de vous inquiéter, car vos analyses sont normales. Vous êtes juste fatigué. Rien d'étonnant avec la vie de patachon que vous menez !

— Quels progrès a-t-on faits depuis que nous nous sommes vus ? La dernière fois, vous m'avez parlé d'une piste prometteuse, qui permettrait, peut-être, de prédire plusieurs années à l'avance le déclenchement de la maladie.

Lancar se rembrunit.

— Ce n'était qu'un faux espoir malheureusement. Nous en sommes toujours au même point. Les seuls renseignements que me donnent vos tests sont les suivants : vous êtes en bonne santé et vous le resterez sans doute dans le trimestre qui suit. Contentons-nous de cette prédiction.

Beaulieu accusa le coup. Il blêmit et frappa le bureau avec le poing.

— Votre réponse ne me suffit pas. Je suis incapable de vivre dans le provisoire. Je préférerais qu'on me dise : votre ticket est valable jusqu'à telle date. Après, vous serez mort. Je ne supporte plus cette espérance distillée au compte-gouttes.

— Connaître la date approximative de votre décès vous ferait plus de mal que de bien, en dépit de tout ce que vous pouvez prétendre ou penser. Là, il vous reste l'espoir de vivre encore cinq, dix, quinze ans et, qui sait, d'échapper à la malédiction. Il n'y a rien de plus merveilleux que l'espoir.

Beaulieu le regarda, amer : il n'avait aucune chance contre la maladie qui le marquait de son sceau indélébile et Lancar, la sommité mondiale en neurologie, le savait plus que quiconque.

Le soir de ce rendez-vous médical, le Racing perdit le match décisif pour la montée en première division et, le vendredi, il fut éliminé en demi-finale de la coupe de France par un club de deuxième division, largement inférieur aux équipes que Saint-Pierre avait battues lors des tours précédents. Le fantasme footballistique de Beaulieu se fracassait sans gloire. Il avait rêvé d'une marche triomphale des supporters vers le centre-ville, d'une kermesse populaire qui aurait duré toute la nuit. Par superstition, il s'était imaginé, la semaine précédente, que cette fête marquerait son triomphe alors qu'il apprendrait en même temps que la maladie commencerait son œuvre de destruction, qu'elle serait la face brillante et illuminée d'un cauchemar sombre et glacé. De savoir que ses analyses étaient normales, n'avait pas dompté ses angoisses. Il n'arrivait plus à oublier, comme il le faisait d'ordinaire, qu'il n'était qu'un cadavre en sursis. Tapie dans ses cellules, la mort s'agitait et bientôt s'éveillerait. Il aurait voulu s'étourdir dans ses projets de conquêtes, mais ceux-ci semblaient irrémédiablement compromis. Car dernière touche lugubre de cette semaine noire, il reçut les résultats catastrophiques d'un sondage qu'il avait commandé.

Plus le jour fatidique approchait, plus Sophie pensait à l'invitation de Feustein. Elle lui semblait incongrue, inconvenante, révoltante. Elle se demandait, avec colère, quel plaisir il trouvait dans ce jeu cruel, stupide et hypocrite. Le samedi après-midi, elle se coucha dès que ses enfants furent parties et s'endormit aussitôt. Lorsqu'elle émergea, son radio-réveil indiquait dix-neuf heures. Prise d'une impulsion subite, elle se leva, se précipita dans la salle de bain avant de prendre une douche brûlante. Elle s'habilla en toute hâte, étrennant la nouvelle robe qu'elle s'était achetée. Elle enfila son imperméable et mit ses chaussures avant de composer fébrilement le numéro de son frère.

— Mathieu je sors ; je dîne avec Feustein. J'ignore à quelle heure, je rentrerai. Ne t'inquiète pas si tu ne me trouves pas chez moi.

Elle raccrocha avant qu'il n'ait pu répliquer et se précipita vers la porte. Elle ne fut pas assez rapide ; son téléphone sonna alors qu'elle tournait la clef dans sa serrure.

Elle resta indécise sur le palier, refusant de rentrer chez elle pour répondre à son frère, n'osant pas, non plus, s'en aller en ignorant ce rappel à la réalité. La sonnerie mourut brusquement. Le silence qui s'installa lui sembla irréel. Libre, elle était libre ! Mais cette liberté ne la réjouissait pas ; elle l'écrasait plutôt. Elle marcha lentement vers son rendez-vous et fut à plusieurs reprises sur le point de rebrousser chemin.

Arrivée devant la porte du restaurant la colère la saisit : elle n'était qu'une sotte. Elle se précipitait alors qu'il n'était pas là, ayant probablement oublié son invitation ridicule. Elle tourna les talons et repartit vers son appartement. Dans le brouillard de ses pensées, elle ne prêta pas attention au bruit de pas qui grandit derrière elle. Une main se posa sur son épaule la faisant hurler de peur.

— Eh bien, Sophie, vous êtes sourde ! la gronda Feustein qui venait de la courser. Je vous appelle depuis le restaurant.

Elle bredouilla qu'elle ne se sentait pas bien et qu'elle désirait rentrer, mais il n'accepta pas cette pitoyable dérobade.

— Franchement, je n'espérais pas votre venue. Mais je suis enchanté que vous vous soyez venue et de vous avoir, ce soir, toute à moi. Je vous interdis de vous enfuir. Allons-nous asseoir.

Il s'empara de son bras et elle se laissa guider comme une enfant. Le dîner sembla interminable à Sophie. Il parlait pour deux, car elle ne trouvait rien à dire. Aucun mot ne sortait de sa bouche. Elle avait l'impression d'être une loque. Elle se dégoûtait. Elle avait envie d'être une autre, d'être, l'espace d'une soirée, une de ces jeunes femmes dont Feustein avait l'habitude. « *Je ne suis pas normale* » se répétait-elle intérieurement.

Alors qu'ils buvaient le café, Hubert lui demanda en plaisantant :

— Et si tu m'offrais le digestif chez toi ?

Au cours du repas, il lui avait proposé de se tutoyer, mais le « *tu* » se bloquait dans sa bouche et elle le vouvoyait encore.

— Non ! répondit-elle. Aucun homme ne viendra jamais chez moi. Je souhaite protéger mes gosses des réflexions des voisins. Dans quel hôtel logez-vous ?

Feustein la regarda, interloqué.

— Au Novotel. Tu m'y accompagnes ce soir ?

Elle se leva de table.

— D'accord ! Allons-y !

Il se hâta de payer et de l'emmener jusqu'à sa voiture. Lorsqu'elle se fut assise à ses côtés, il fut pris de scrupules :

— Je comprendrais très bien que tu préfères être raccompagnée chez toi. C'est vraiment comme tu veux.

Elle éclata en sanglots.

— Je suis trop moche pour vous, gémit-elle.

Il démarra, sans rien répondre et elle n'arrêta de pleurer que lorsqu'elle comprit qu'il quittait le centre-ville.

Mathieu se rendit, décomposé, au rendez-vous fixé, la semaine précédente par Beaulieu. Sophie sortait avec Feustein ! Que de l'imprévu se produise dans la vie de sa sœur le terrifiait, tant il la croyait fragile. Traquant tout ce qui pouvait lui faire du mal, il avait décortiqué son existence en tranches qu'il connaissait par cœur, s'imaginant ainsi la mettre à l'abri.

Beaulieu était affalé, sur la banquette d'un box du Saint-Georges. Quand Robili s'approcha de lui, il bredouilla :

— J'abandonne la partie !

Lui qui, d'ordinaire, broyait les doigts ne donna à son ami qu'une poignée de main lâche et sans énergie.

– Qu'abandonnes-tu ? lui demanda Mathieu, surpris.

– Tout ! Le club ! La ville ! Écoute ! Un sondage, que j'ai commandé, me crédite royalement de 15% d'intentions de vote ! Et il a été effectué les jours suivant la qualification de Saint-Pierre pour les demi-finales. Quel est mon score aujourd'hui ? 4% ?

Mathieu baissa la tête. Des sentiments contradictoires affluèrent à son esprit, du soulagement d'abord : Feustein allait partir, disparaître de la vie de Sophie. Ce repas ne serait qu'un incident, vite digéré, vite oublié. En même temps, il ressentit une forme de colère. Botellot et Lafa allaient l'humilier en lui assenant, sourire aux lèvres, qu'ils avaient eu raison, que Saint-Pierre rejetait les étrangers. Il n'avait pas assez de maturité pour supporter l'idée qu'il pouvait, parfois, se tromper. Rageur, il se mit à haranguer Beaulieu :

– Et alors ? 15% est un excellent début ! Tu m'as soutenu récemment qu'un inconnu dépasse rarement la barre des 10% ! Toi, tu la pulvérises d'entrée de jeu ! Sois patient. Laisse aux Saint-Pierrais le temps de s'habituer à toi. Quand ils te connaîtront mieux, ils basculeront en masse de ton côté. Ton club n'ira pas en finale de la coupe de France et ne montera pas en première division. Et alors ? Avant que tu ne prennes le Racing en main, personne n'aurait imaginé qu'il réussisse si bien cette saison. Il a failli descendre en troisième division l'an dernier. Il n'a été sauvé que lors de la dernière journée.

Il sortit de sa poche une feuille de journal chiffonnée.

– J'avais une idée pour dynamiser ta campagne. Je te la livre, malgré tout. Connais-tu le courrier de Saint-Pierre ? C'est un journal d'annonces locales qui vient de publier son dernier numéro. Son propriétaire n'a pas les moyens d'acquérir du matériel moderne d'impression, paraît-il. Beaucoup vont le regretter, car il avait un rôle social irremplaçable. Rachète-le. Il ne doit pas coûter bien cher, vu la situation. Rajoute-lui une page, où entre une histoire drôle et un conseil pratique, on chantera tes louanges.

Mais le visage de Beaulieu ne marqua aucune réaction et Robili, devinant qu'il ne le sortirait pas de sa torpeur, abandonna.

— Notre réunion de travail n'a plus aucun sens. Si tu le permets, je vais rentrer chez moi. Je suis fatigué. Passe de bonnes vacances si nous ne revoyons plus d'ici là.

L'homme d'affaires ne chercha pas à le retenir et Mathieu quitta le café persuadé qu'une page de sa vie venait de se tourner.

À peine arrivée dans la chambre de Feustein, Sophie refusa qu'il fasse monter du champagne.

— Que veux-tu fêter, Hubert ? réussissant à le tutoyer pour la première fois. Ma conquête ? Mais je ne vaux rien, surtout pas le prix exorbitant d'une bouteille de don Pérignon fournie par un hôtel. Ne jette pas ton fric par la fenêtre !

Une envie, étrange, fulgurante la tenaillait ; elle jouerait jusqu'au bout son jeu absurde, elle lui ferait payer sa prétention en accédant à ses désirs malsains tout en les renvoyant au niveau primitif, bestial, dont ils étaient l'expression.

Il s'approcha d'elle et elle se laissa faire, tendue et frémissante, à la limite de la nausée. Il l'embrassa sur la bouche la plaquant contre lui ; son baiser dura longtemps comme s'il redoutait de passer à l'étape suivante. Ses mains finirent par quitter les épaules de Sophie et s'aventurèrent sur ses fesses, sur ses seins. Lentement il la déshabilla, la caressant savamment, tendrement. Il la fit basculer sur le lit et elle sentit son érection triomphante, inquiétante, dressée contre son ventre. Lorsqu'il risqua sa paume vers son entre-jambe, elle se raidit et lui emprisonna la main entre ses cuisses. Elle murmura « *non* » d'une voix suppliante, à peine audible. Il accepta l'interdit et recommença à effleurer et à embrasser le reste de son corps, en contournant la zone prohibée. Elle eut des frissons, des râles et éprouva un fugitif orgasme. Lorsqu'elle s'endormit, passive, entre ses bras il la posa délicatement sur les draps. Il ne chercha pas à la pénétrer bien qu'elle fût à sa merci et qu'il voyait bien qu'elle ne se serait pas défendue. Il se contenta de se masturber en se frottant son sexe contre sa cuisse. Quand il eut fini, elle sortit de sa léthargie. Elle se détacha de lui et ramassa ses vêtements, en baissant la tête et en regardant le sol.

Lorsqu'elle fut rhabillée, elle se dirigea vers la porte, mais il l'intercepta d'un bond.

— Où vas-tu, Sophie ?

— Je retourne chez moi ! Merci pour le repas et pour le reste.

— Attends ! Donne-moi quelques minutes pour me laver et je te ramène.

— Inutile de t'embêter pour moi ! Je vais appeler un taxi de la réception.

— Sophie, je te raccompagne !

Il renonça à prendre une douche et s'habilla à son tour en toute hâte, tout en la surveillant du coin de l'œil.

Dans la voiture, ils ne se parlèrent pas. Au moment de le quitter, elle refusa le baiser sur les lèvres qu'il proposait en détournant la tête.

— Nous avons passé une très agréable soirée, n'est-ce pas ? insista-t-il.

Elle ne répondit pas et se recroquevilla

— Je ne reviendrai probablement pas à Saint-Pierre pendant les vacances. Mais à la rentrée, je te contacterai, promis, et nous remettrons cela.

Son hypocrisie la révolta. Jamais plus il ne lui téléphonerait.

— Achète-toi plutôt une poupée gonflable dans un sex-shop. Elle te coûtera moins cher qu'un dîner dans un restaurant et elle te donnera plus de plaisir que moi. Je suis trop nulle pour toi !

Elle s'engouffra dans l'entrée de son immeuble sans lui laisser le temps de répondre. À son grand agacement, elle entendit son téléphone sonner dès le palier. C'était sûrement son frère. Il avait dû passer sa soirée à l'appeler.

— Tu es revenue enfin ! Tu t'es bien amusée ? demanda-t-il d'une voix angoissée.

— Laisse-moi, veux-tu ?

Elle raccrocha et débrancha le téléphone pour qu'il ne l'importune plus. Elle arracha ses vêtements avant de les jeter dans la poubelle. Elle se fit couler un bain et frotta longuement sa cuisse, à l'endroit où Feustein avait éjaculé. Quand elle eut fini, elle récupéra sa robe, reconnecta son téléphone et appela brièvement son frère, de peur qu'il ne vienne tambouriner à sa porte.

— Tout va bien lui, le rassura-t-elle d'une voix qu'elle voulait apaisante, mais qui était furieuse. On se voit demain, d'accord ?

Elle jeta rageusement le combiné. Tout allait bien en effet. Pour la première fois, depuis dix mois, un homme l'avait touchée. Elle bondit jusqu'à l'armoire à pharmacie et avala quatre cachets de tranquillisants, le double de la dose qu'elle s'autorisait dans les périodes de grands troubles.

V

L'été s'écoula misérablement pour Mathieu. Il retrouvait cette insupportable routine qui le sécurisait et l'écrasait tout à la fois. Il regrettait l'exaltation du printemps, l'illusion un temps ressentie, d'exister, de peser sur les événements. Il passa un mois de juillet solitaire, à Saint-Pierre. Sophie qui avait droit à de plus longues vacances que lui, était partie se reposer chez leurs parents en Champagne, sans ses enfants. Celles-ci séjournaient avec leur père dans une station balnéaire de la côte Atlantique.

Alors que d'ordinaire prendre sa sœur en charge lui pesait, elle lui manqua. Il comprit confusément qu'ils formaient un couple, qu'elle était pour lui un ersatz d'épouse. Il rêvait de se marier, bien sûr, mais il était incapable de se trouver une compagne. Des filles lui avaient plu. Il avait timidement essayé de leur faire la cour et avait parfois réussi à attirer leur attention. Mais dès qu'une jeune femme commençait à s'intéresser à lui, il se repliait aussitôt. Il se présentait alors sous son plus mauvais jour pour casser net cette relation avant qu'elle ne prenne son essor, pour éviter de souffrir. Les filles qu'il fréquentait par la liberté qu'elles avaient de le rejeter, lui faisaient peur et il n'arrivait pas à affronter cette crainte d'être repoussé. Sophie l'acceptait tel qu'il était et avait désespérément besoin de lui. Il prit conscience, avec l'éloignement, à quel point leur relation était devenue malsaine, mais il ne se sentait pas la force de l'aseptiser.

Au bureau, il avait remarqué une jeune standardiste. Elle officiait dans un cagibi, ouvert sur un couloir qu'il empruntait au moins une fois par jour. Il avait l'impression qu'elle le regardait, qu'elle lui souriait plus que la politesse ne lui imposait. Elle avait quelque chose de Sophie, une vague ressemblance, un éclat fugitif qui lui rappelait sa sœur surtout lorsqu'elle tournait la tête. Pourtant, il n'osait pas lui adresser la parole, ne serait que pour lui parler du beau temps ou des menus incidents du bureau. Il pensait souvent à elle, se répétait qu'il pourrait l'aborder tout en sachant pertinemment qu'il n'en ferait rien. Elle n'appartenait pas au monde réel. Elle était un fantasme, une porte ouverte sur un univers onirique et érotique. Car il avait le droit, elle, de la désirer. Et lorsqu'il se masturbait, le soir dans son lit, il plaquait son visage et son corps sur une image floue, trouble, interdite et angoissante. Il ne savait rien d'elle, juste qu'elle s'appelait Valérie. Chaque jour, il passait dans le couloir et la regardait. Elle lui souriait en retour. C'était un jeu stérile qui ne menait nulle part, dont il avait besoin pour équilibrer sa vie.

Les soirs et les week-ends, il erra dans la ville poussiéreuse, s'imprégnant de sa laideur. Il voulut en connaître toutes les rues et toutes les façades, sous le prétexte futile de dresser des plans pour un éventuel embellissement. Pourtant, la seule stratégie qu'il entrevoyait était celle du bulldozer, tant l'anarchie des styles et des matériaux employés était grande. Une main invisible s'était, avec perversité, employée à enlaidir la capitale du *Pays des Crétins,* choisissant avec recherche les combinaisons les plus hideuses.

Ses promenades l'éloignèrent de plus en plus du centre-ville. Un dimanche après-midi, il découvrit Bourgogne. Ce quartier, bordé par l'autoroute et par le chemin de fer, était comme une île. Seuls deux routes et quelques passages piétons permettaient d'y accéder. La municipalité avait aménagé cette zone lorsqu'elle avait rasé un immonde îlot urbain constitué de vieilles bâtisses branlantes, pour y construire de modernes horreurs baptisées lycée et hôpital. Elle avait déporté dans cette ZUP, éloignée du centre-ville, les habitants qu'elle avait chassés de leurs taudis et s'était désintéressée de leur sort. On ne cherchait même plus à remplacer les vitres cassées aux fenêtres. L'école avait des barreaux à toutes ses ouvertures. Elle jouxtait un bâtiment incendié et recouvert de graffiti, au fronton duquel étaient encore accrochées les lettres P. O. L. I.

Il ne s'attarda pas, fuyant au plus vite ce quartier qui le rendait mal à l'aise ; il gagna un parc proche à demi abandonné qui aurait pu être beau si les jardiniers l'avaient entretenu. Il s'assit sur un banc rongé par l'humidité. Il regrettait l'abandon de Beaulieu. L'avocat aurait arraché l'agglomération à la fange qui l'engluait. Lui seul possédait l'énergie, la volonté et le souffle suffisants pour réaliser ce miracle. Il se mit à composer une lettre dans sa tête, qu'il enverrait au cabinet parisien de l'homme d'affaires. Il essayait mentalement plusieurs registres, et passait du style pathétique au flagornant, lorsqu'il fut tiré de ses réflexions par un gamin qui lui tendit une carte d'identité.

— Pardon m'sieur, ce truc est bien à vous ?

Mathieu mit la main à la poche arrière de son pantalon, là où aurait dû se trouver son portefeuille ; elle était vide.

— V'nez chez moi, proposa le gamin. Nous avons ramassé vos papiers dans la rue.

Sans attendre sa réponse, le garçon se mit en route. Robili hésita avant de le suivre. Son guide le fit revenir à Bourgogne et l'emmena devant un petit pavillon de briques rouges.

— V'là ma maison !

La peur envahit Mathieu. Il craignait d'être attiré dans un traquenard. On allait le séquestrer, l'obliger à signer des chèques, lui faire avouer le code de sa carte bleue. L'angoisse le paralysait. L'idée de fuir à toutes jambes lui traversa à l'esprit, sans qu'il n'arrive à se décider. Une femme entre deux âges, au regard épuisé, sortit sur le seuil.

— Je suis contente que le fiston vous ait retrouvé. Entrez !

Mathieu obtempéra à contre-cœur. Le sol du couloir était en ciment brut. La mère de famille le fit entrer dans un salon où s'entassait une dizaine de personnes. Les voisins et les proches étaient venus en renfort. Tous les regards convergèrent vers lui.

La femme ouvrit un tiroir d'un buffet branlant et en sortit son vieux portefeuille de cuir noir.

– Comptez les billets, monsieur. On n'a rien pris.

Mathieu la crut sur parole et ne vérifia pas ; il donna tout l'argent liquide qu'il possédait au gamin. Il se confondit en remerciements avant de s'enfuir, mal à l'aise. Il marcha à grandes enjambées vers le centre-ville, ne s'arrêtant que lorsqu'il retrouva la sécurité de son appartement.

Plus tard, quelques images entêtantes de cet épisode dérangeant surnagèrent dans son esprit : la pauvreté des habitants de Bourgogne, leurs joggings défraîchis, les shorts et les jupes mal coupés, le buffet vermoulu aux portes cassées du salon, le canapé effondré qui le jouxtait, la table et les chaises dépareillées. Il avait été frappé également par le regard désapprobateur que lui avaient lancé la majorité des participants. Un débat avait dû avoir lieu : fallait-il rendre ou pas les billets et la carte bleue ? Peut-être que le gamin avait subtilisé le portefeuille, et que sa mère lui avait imposé, contre l'avis de son entourage, de réparer son forfait. Il était admiratif devant son honnêteté. Combien dans des quartiers plus huppés auraient gardé l'argent pour eux ?

Le soir même, il écrivit à Beaulieu :

Dominique,

Je profite de mes loisirs pour visiter Saint-Pierre de fond en comble. C'est pire que tout ce que tu peux imaginer. Pourquoi as-tu renoncé ? Que risques-tu ? De perdre les élections ? Et après ? À part ta vanité qui sera blessée, tu t'en tireras sans dommage et tu te grandiras. Tu pourrais tant si tu étais élu.

Il se hâta de rédiger l'enveloppe et alla, en dépit de l'heure tardive, la porter dans une boîte à lettres de la poste de peur que le lendemain à son réveil il ne la déchirât. Il avait pris le risque d'ouvrir à nouveau la boîte de Pandore, de faire revenir Feustein dans le sillage de Beaulieu. Il savait que sa naïve missive ne changerait rien aux intentions de l'avocat, qu'elle ne servait qu'à soulager sa propre conscience. Robili avait la naïveté de se prendre pour un homme de devoir. En dépit de ses ambiguïtés, Dominique était l'unique chance de l'Oustrélie et Mathieu avait de ce fait l'obligation de le convaincre de retourner au combat.

Le mois d'août, il rejoignit ses parents, sa sœur et ses nièces, dans une grande villa qu'ils louaient en commun au Touquet. Pour Mathieu, les vacances ne représentaient qu'une longue et interminable parenthèse, où la vie l'écrasait de tout son poids. Il n'était qu'attente du jour où il repartirait, du moment où il retrouverait les pauvres fantasmes qui rendaient son existence supportable : les regards qu'il échangeait avec Valérie, la standardiste, ses rêves d'éminence grise, ses projets grandioses pour Saint Pierre.

Il ressassait les dates, comptant le nombre d'heures qui lui restaient encore à passer, se désespérant de l'apparente immobilité du temps. Lorsqu'il était avec ses parents, Mathieu se taisait. Il ne se livrait pas et n'évoquait jamais ses soucis. C'était sa façon de protéger de l'envahissante tutelle maternelle. Sophie n'avait pas réussi à élever des barrières pour se préserver et avait été dépossédée de sa personnalité par sa génitrice. Elle n'avait plus de désirs qui lui étaient propres, elle avait adopté ceux de sa mère. Elle s'habillait comme celle-ci le décrétait, avait fait bâtir, avant sa séparation, la maison rêvée, dans sa jeunesse, par cette dernière, élevait ses enfants selon les principes dépassés de leur grand-mère. Ses pitoyables tentatives de rébellion étaient balayées par un flot de sarcasmes et d'injures. Malgré sa soumission, Berthe Robili désespérait de son enfant. Elle répétait invariablement à chacune de leurs rencontres la même phrase, sur un ton qui n'admettait nulle réplique :

— Quand je te vois, bouboule, je me désole d'avoir une telle fille.

L'ombre émeraude

Contrairement à son mari et à Mathieu qui employaient le diminutif affectueux de Sosso pour s'adresser à elle, elle la surnommait bouboule, en mêlant mépris et tendresse dans ce terme qui faisait référence aux formes jugées trop enveloppées de Sophie. Mais cette réflexion n'était pas la pire, elle en faisait une encore plus humiliante, plus destructrice :

— J'ai eu une hémorragie lorsque je t'attendais, Bouboule. Je ne t'ai pas perdue, mais tu étais un mauvais œuf.

Cette phrase épouvantable, prononcée sans méchanceté, sur le ton convaincu de celle qui débite une évidence, hantait Mathieu. Le rejet, la négation du droit à l'existence que ces mots sous-entendaient, le bouleversaient bien que cette remarque ne le visât pas. Sophie avait confié à son frère que, selon son psychiatre, Berthe était responsable de sa névrose. La jeune femme refusait ce diagnostic au rebours de son frère. Mathieu culpabilisait de ne pas avoir réussi à protéger son aînée contre la folie destructrice de leur mère. Il avait été incapable de s'opposer à elle et de l'empêcher de déverser son venin délétère, mais que pouvait-il faire lui, le cadet, qui n'avait élevé que des fragiles défenses et ne brandissait, contre sa génitrice, qu'un bouclier imparfait ?

Un après-midi ensoleillé, Sophie et Mathieu se retrouvèrent seuls. Les fillettes étaient parties faire du poney avec leurs grands-parents. Ils s'installèrent dans le jardin, lui pour lire, elle pour sommeiller dans une chaise longue. Le matin, Berthe avait fait une mise en plis à sa fille.

— Tu es bien mieux ainsi, n'est-ce pas, Bouboule ? avait ressassé la mère tout au long du repas du midi. Ton problème est que tu ne sais pas t'arranger. Aucun homme ne voudra jamais de toi si tu ne fais aucun effort de présentation.

La coiffure était effectivement réussie et Mathieu levait souvent les yeux de son livre pour jeter un coup d'œil furtif à sa sœur, tant il lui trouvait un charme nouveau. Un moment, elle abaissa son soutien-gorge pour permettre à sa poitrine de bronzer.

Jamais, elle ne lui avait paru aussi séduisante. Il n'arrivait plus détacher son regard de son corps. Son excitation monta graduellement et, à sa grande honte, son pénis se durcit. Elle lui demanda soudain de lui enduire le dos de crème solaire. Gêné, il s'approcha, persuadé qu'elle voyait son érection à travers son maillot de bain. Elle se retourna sur le ventre, sans prononcer un mot. L'esprit en feu, il s'empara d'une noisette de crème et l'étala délicatement sur son dos, s'attardant bien plus qu'il ne l'aurait fallu.

Lorsqu'un râle s'échappa des lèvres de la jeune femme, il prit peur. Il bredouilla une excuse avant de se réfugier dans la maison. Il avait honte. Comment pouvait-il oublier qu'ils étaient frère et sœur ? Il s'approcha d'une fenêtre qui donnait sur le jardin. Sophie restait immobile sur sa chaise longue.

Le soleil lui paraissait plus lumineux qu'à l'accoutumée, une étrange sensation lui fouaillait les entrailles et il n'y résista pas. Il approcha ses mains de son pénis. Il se sentit le maître du monde. Jamais il n'avait éprouvé un tel désir, un tel plaisir.

Lorsqu'il éjacula, son excitation reflua lentement, comme se retire la vague avant un tsunami. Il attendit un long moment avant de la rejoindre dans le jardin et essaya de reprendre sa lecture, comme si rien ne s'était passé, mais il n'arriva pas à se concentrer.

Il était dégrisé. Le monde lui semblait à présent crépusculaire, pourtant il se sentait incapable de regretter ce qu'il avait pensé, ce qu'il avait fait.

Se sentant observé, il releva brusquement la tête. Sophie était assise sur sa chaise longue et le regardait, ses lunettes de soleil relevées sur le front. Elle lui sourit mélancoliquement et il lui fit un petit signe de la main. Il se sentit alors happé par l'ombre émeraude, par l'éclat sauvage de ses pupilles. Une étrange communion s'empara d'eux. Ils ne se parlèrent pas, ils ne livrèrent pas les pensées impures qui les agitaient l'un et l'autre, mais ils les devinèrent. Ils avaient violé le tabou de l'inceste, rompu l'ordre du monde. Et il en avait éprouvé une jouissance inquiétante. Il savait que cet instant était magique, unique, et que, sans doute, il ne se reproduirait jamais. Il lui sourit une nouvelle fois avant de se replonger dans son livre.

Elle le fixa quelques minutes, songeuse avant de s'étendre sur son transat et de s'endormir. Jamais plus pendant les vacances, ils ne se retrouvèrent seuls. C'était affaire de circonstance : ils ne s'évitèrent pas, mais ne cherchèrent pas, non plus, à forcer le destin.

VI

À son retour du Touquet, Mathieu avait, à peine, posé ses valises, que son téléphone sonna :

— Super ! Tu es bien là comme prévu.

— Hubert ! Comment savais-tu que j'allais arriver !

— J'ai fait du charme à ta secrétaire, et la perle qui t'assiste m'a donné la date de ton retour. Mais j'ai eu le malheur d'en parler à Dominique. Tu le connais : il te convoque ce soir même, car il veut te présenter quelqu'un. À quelle heure peux-tu venir au Saint Georges ?

— Que le diable vous emporte ! Vous ne me laissez pas le temps de souffler ! Pour vous punir, je passerai au pub à huit heures et à neuf je suis parti. Inutile de me rappeler que Dominique déteste travailler tôt et qu'il préfère donner ses rendez-vous en fin de soirée ou même au milieu de la nuit. C'est à prendre ou à laisser.

— D'accord.

Mathieu hésita quelques secondes avant d'ajouter, sur un ton peu amène :

— Je me mêle sans doute de ce qui ne me regarde pas, mais si tu as l'intention de sortir à nouveau avec ma sœur, fais attention : elle est fragile et fait une grave dépression nerveuse. Ne joue pas avec elle !

Le ton qu'il employa déplut à Feustein :

— Laisse-la vivre ! C'est très bien de t'occuper d'elle comme tu le fais, mais tu l'étouffes ! Bon, à ce soir !

— Je te démolirai, si tu lui fais du mal, gronda puérilement Mathieu dans le combiné lorsqu'il eut raccroché

Il éprouvait une inquiétude sourde et diffuse lorsqu'il pensait à Feustein. Il avait l'impression qu'il n'apporterait que du malheur à Sophie tout en se sentant impuissant à la protéger ; il ne pourrait pas éternellement la soustraire à la vie.

Dès que Robili eut franchi la porte du café, Beaulieu se précipita vers lui.

— As-tu passé de bonnes vacances ? demanda-t-il.

Sans attendre la réponse, il enchaîna :

— J'ai suivi ton conseil et je vais te présenter le nouveau rédacteur du courrier de Saint-Pierre : Pierre Burles.

Il désigna de la main un homme obèse, au crâne dégarni et à la barbe fournie qui se tenait assis à côté d'Hubert Feustein. Le journaliste tendit une main moite et fuyante.

— Je te renouvelle mon avis, affirma péremptoire Mathieu. Pour ne pas perturber les lecteurs de ta feuille de chou, conserve la forme actuelle. Ne rajoute qu'une page où on chantera tes louanges entre deux conseils pratiques !

— Et deux histoires drôles ! Ne te tracasse pas. Pierre est un pro ! Il a acheté le recueil « *mille blagues inédites* » et les répartira entre des micro-articles qu'il écrira sous le titre générique « *échos* ».

— De quoi parleront-ils ?

— De mes travers et de ceux des autres candidats. Répète à Pierre les confidences que tu m'as livrées sur Delhaye. Mets-le au courant de sa vie dissolue.

Mathieu se sentit mal à l'aise. Ses vacances avaient balayé sa colère et il ne livra qu'avec réticence ses médisances. Dominique dut même le relancer :

— Tu oublies l'infirmière écartée parce qu'elle était noire et grande et l'amant musicien de 25 ans, s'exclama-t-il.

Burles avait sorti un carnet déchiré de sa poche et prenait consciencieusement des notes avec un stylo mâchouillé.

— J'ai eu tort d'évoquer sa vie privée, grogna Mathieu. Cela la regarde ! N'allez pas trop loin dans vos attaques ! Attention au retour du bâton !

Le journaliste ricana :

— Ne vous inquiétez pas, monsieur Robili. Parlez-moi plutôt de cette noire.

Mais Mathieu se braqua et refusa d'en dire plus. Feustein rompit le silence gêné qui suivit en demandant, sarcastique :

— Tu as une idée aussi géniale que le journal à nous soumettre ?

— Lorsque vous aurez du temps à perdre, j'aurai un endroit à vous montrer !

— Allons-y immédiatement alors ! Est-ce loin ? Devons-nous prendre la Bentley ?

— Trois minutes en voiture, mais je te conseille de laisser ta merveille au garage ! Allons-y plutôt à pied ou alors garons-nous à distance respectable.

— Pourquoi ?

— Ta limousine est trop belle pour ce quartier. Les habitants risquent de te l'abîmer tant ils se sentiront provoqués.

— Tant pis ! Nous verrons bien.

Un lampadaire de Bourgogne sur deux était en panne et Robili eut du mal à retrouver la maison qu'il cherchait. Les pavillons se ressemblaient tous dans le noir. Il finit par l'identifier grâce à un rosier souffreteux qu'il avait remarqué lors de sa première visite.

— Vous souvenez-vous de moi ? demanda-t-il à la femme qui lui ouvrit la porte avec méfiance. En juillet dernier, vous m'avez rendu le portefeuille que j'avais perdu. Je voudrais vous présenter un de mes amis, monsieur Dominique Beaulieu qui dirige le Racing et sera candidat aux élections municipales.

L'avocat s'empara de la main de la dame.

— Je suis ravi de vous rencontrer ! Parlez-moi de vos problèmes et de ceux de votre quartier, car si je suis élu, je serai le maire de tous les Saint-Pierrais et pas seulement celui du centre-ville. Pouvons-nous entrer ?

Impressionnée, elle s'effaça et ils pénétrèrent dans le misérable salon éclairé par une lampe à pétrole.

– J'ai rien à vous donner pour boire, gémit-elle

– Aucune importance. Vous êtes en panne d'électricité ?

Elle avoua, gênée :

– L'EDF m'a coupée. J'ai pas réglé la facture.

Beaulieu sortit sans hésiter son carnet de chèques.

– Combien devez-vous ? Je vais payer à votre place.

Elle le regarda, effarée.

– Mais ! Pourquoi feriez-vous cela ?

– Vous avez rendu service à mon ami. Dans les contes, il est fréquent qu'un pauvre paysan aide une vieille femme et que celle-ci se révèle être une fée. Voilà ce qui vous arrive !

Beaulieu rédigea un chèque au nom de la compagnie d'électricité et le plaça d'office dans la main de son interlocutrice. Elle protesta, mais il lui ordonna de le prendre d'un ton impérieux et elle s'inclina de mauvais gré. Contrairement à ce que Mathieu aurait parié, Beaulieu n'écourta pas sa visite, une fois ce problème réglé. Il interrogea longuement son hôtesse, sur sa vie quotidienne, les soucis qu'elle rencontrait et les espoirs qu'elle nourrissait.

Lorsqu'ils retrouvèrent Feustein, préposé à la garde de la Bentley, Mathieu constata à sa grande surprise qu'une heure s'était écoulée. Jamais il n'aurait imaginé que Beaulieu puisse consacrer autant de temps à une inconnue. Des gamins s'étaient rassemblés tout autour de la voiture et la regardaient d'un air timide et envieux. Dominique fendit leur cercle et les harangua :

– Qui parmi vous a envie d'aller voir le match de samedi soir contre Niort ? Je vous offre l'entrée !

Toutes les mains se levèrent et Beaulieu demanda à son assistant de relever les noms.

– Des enveloppes à vos noms contenant deux places vous attendront samedi à partir de 18 h à la caisse du stade. En échange, j'attends que vous hurliez de toutes vos forces pour soutenir notre équipe. Cette année sera la bonne ! Nous monterons en première division.

Ils s'installèrent dans la voiture pendant qu'Hubert s'acquittait de sa tâche.

– Merci, murmura Dominique, de m'avoir montré cet endroit. C'est le plus grand service que tu ne m'aies jamais rendu.

– Les habitants de ce quartier s'abstiennent ou votent communiste. Tu trouveras ici les voix qui te permettront de battre Jolves.

– Et surtout les motivations !

Robili était désorienté. Il avait voulu se venger de la désinvolture de l'avocat en l'amenant dans ce bidonville oublié des hommes, pour lui montrer que la politique n'était pas un jeu. Elle comportait un revers, une obligation morale de résultat que d'ordinaire les candidats mettaient de côté. Dominique l'avait stupéfié par son humanité et sa capacité d'écoute. Beaulieu était complexe et possédait comme Janus deux faces. Il était à la fois le politicien sans scrupules qui s'apprêtait à couvrir de boue ses adversaires et l'homme sincère de la petite maison de briques rouges. Ces deux aspects étaient aussi indiscernables en lui que l'eau et le sel dans la mer.

Le lendemain, dès qu'il fut réveillé, Feustein téléphona à Sophie

– Bonjour, tu vas bien ? Pourrais-tu te rendre disponible pour moi un de ces week-ends ? Je t'emmènerai visiter Bruxelles.

Lorsqu'elle avait reconnu sa voix, le rythme du cœur de la jeune femme s'était accéléré.

– Mon mari est en stage. Il ne pourra pas prendre les gosses pendant deux mois. Je n'ai aucune journée de libre avant novembre, mentit-elle.

En fait, Bruno revenait de temps à autre pour voir ses enfants.

— Flûte ! Tu peux quand même te libérer une journée ! Laisse tes filles sous la garde de ton frangin.

— Non ! J'abuse trop de sa gentillesse.

Comme si le fait d'exploiter Mathieu la préoccupait d'ordinaire. Il marqua un temps d'arrêt, déconcerté par sa rebuffade.

— Prends une baby-sitter, insista-t-il.

— Il n'est pas question. Mon frère serait furieux.

— On tourne en rond là ! Et en novembre tu accepteras que je t'emmène à Bruxelles ?

Elle hésita à refuser définitivement.

— Peut-être, finit-elle par concéder, mais à deux conditions.

— Lesquelles ?

— Que tu ne me téléphones pas ni que tu m'envoies de fleurs avant la fin d'octobre.

— Tu es dure en affaires, protesta-t-il, amusé.

— Acceptes-tu mes clauses suspensives ? Si tu les transgresses, je refuserai toutes tes invitations, quelles qu'elles soient !

— Topons là puisque tu ne me laisses pas le choix ! Mais tu vas me manquer pendant ces deux mois, mon cœur.

Le terme tendre et mensonger qu'il avait employé la mit en rage.

— Ne t'adresse plus jamais à moi en utilisant des petits noms doux. Je te répète ce que je t'ai déjà dit : achète-toi une poupée gonflable. Elle te donnera bien plus de plaisir que moi.

Elle raccrocha, irritée ; Feustein recommençait son jeu cynique et cruel du printemps et elle était contente de lui avoir tenu la dragée haute. Elle ne se faisait guère d'illusions : il se lasserait et ne la rappellerait pas, sa patience devant être limitée. Pourtant, elle aurait donné cher pour qu'il la contacte à la fin d'octobre, elle qui n'espérait rien depuis longtemps. Un coup de fil prouverait, qu'au-delà de ses mensonges et de ses flatteries outrées, Feustein tenait un peu à elle. Elle rêvait d'inspirer à un homme autre chose que de la pitié tout en se sentant avilie par ce besoin.

Ses pensées glissèrent vers Mathieu et elle eut envie de lui donner un gage d'affection. En fouillant dans ses tiroirs, elle trouva une photo de son frère qu'elle installa dans un cadre à côté des portraits de ses deux filles. Quelques filets de vie s'écoulaient à nouveau dans son âme si longtemps congelée, mais avec eux revenaient la souffrance et l'humiliation.

En entrant dans son bureau, Brigitte Delhaye constata qu'une main anonyme avait déposé une page du courrier de Saint-Pierre, bien en évidence sur sa table de travail. Un article était encadré en rouge :

— *Conseil pratique : si vous êtes grande et noire, inutile de demander du travail au centre dirigé par la charmante Brigitte Delhaye, la candidate communiste. Elle ne voudra pas de vous. Elle l'a dit lors d'un conseil d'établissement. Si vous êtes seulement grande ? Vous avez une chance, surtout si vous avez un physique avenant. Si vous êtes seulement noire ? Alors là il faudra que vous soyez d'une beauté exceptionnelle. Toujours au sujet de Brigitte, de bien mauvaises langues murmurent que son jeune amant ne l'a pas encore plaquée parce qu'elle le paye. Que les gens sont méchants ! Et si Brigitte était une excellente cuisinière ? Et si elle retenait son ami grâce à ses petits plats ?*

Comment avaient-ils pu ! C'était odieux, grotesque, inadmissible ! Les poings crispés, elle parcourut fébrilement le reste des échos pour deviner d'où venait l'attaque. À sa grande surprise, Jolves était lui aussi éreinté par la chronique.

— *Non, le nouveau maire n'est pas toujours ivre ! Arrêtons de le calomnier ! Je l'ai croisé hier matin, vers 8 heures : il était sobre !*

Un dernier entrefilet s'attaquait à Beaulieu :

— *L'outsider qui bouscule tout, le sémillant président du club de foot, est allé faire une B.A à Bourgogne. Il est allé montrer sa Bentley de trente briques aux pauvres du quartier qui n'auraient jamais eu sinon l'occasion d'en voir une, sinon. Merci pour eux, c'était super-sympa comme idée. En prime, il a distribué des places gratuites pour le stade. Chapeau Dominique ! Et pense à nous, les journalistes, la prochaine fois. Nous aussi, nous aimons le foot !*

Elle finit sa lecture, perplexe. À quoi rimait ce jeu de massacre ? À qui profitait ces articles ? Aux socialistes qui n'avaient pas encore désigné leur candidat et qu'on n'attaquait pas ? Absurde ! Ils n'étaient sans doute pas à l'origine de ces attaques ! Non, le nouveau directeur de la feuille d'annonce devait être un indépendant qui, pour augmenter la diffusion de son journal, s'en prenait au landerneau de la ville en abusant de la veine populiste, Il allait trop loin ; il choquerait ses lecteurs et les Saint-Pierrais se détourneraient rapidement de son torchon.

VII

La boue déversée par le courrier de Saint-Pierre chagrinait Mathieu, mais la visite de Beaulieu à Bourgogne l'avait convaincu que l'avocat serait, malgré ses défauts, le maire idéal pour sa ville d'adoption. Pour le soutenir, il entreprit de démarcher les commerçants du centre-ville afin de solliciter leur appui. Il détestait cette tâche qu'il s'était imposée tant elle mettait à rude épreuve sa timidité. Pourtant, ses prises de contact se passaient bien. Il ne subit aucune rebuffade humiliante, essuya quelques refus polis, et rencontra souvent un intérêt mesuré et prudent.

Il fit, de cette manière, la connaissance de Martine Duas. Elle tenait un magasin de chaussures qualifié localement de haut de gamme alors qu'en dehors de Saint Pierre, les produits qu'elle vendait seraient considérés comme démodés et dépassés. Martine était une jolie quadragénaire, de taille moyenne qui incarnait selon les goûts rétrogrades de Mathieu, l'essence de la féminité. Ses cheveux blonds, coupés au carré et tenus par un serre-tête, lui conféraient un aspect classique et élégant. Elle portait un tailleur bleu marine bien coupé et aux boutons dorés, un chemisier de dentelles blanches, fermé par un sautoir en or, des boucles d'oreilles assorties, des chaussures à hauts talons. Sa voix était harmonieuse et Mathieu garda longtemps en mémoire le musical « *Bonjour, que puis-je pour vous ?* » qu'elle lui dédia après que la vendeuse l'eut présenté.

L'ombre émeraude

Il s'embrouilla dans ses explications, alors que son laïus était à présent rodé. Il chiffonna, en le sortant de sa serviette, le formulaire qu'il proposait aux commerçants de remplir afin de connaître leurs souhaits et leurs récriminations. Malgré les maladresses de Mathieu, Martine ne se braqua pas, elle resta amicale et souriante. Elle dardait son regard lumineux dans le sien tout en lui répondant avec zèle. Le questionnaire terminé, il lui proposa timidement d'assister aux réunions de l'association Ares ; elle accepta avec enthousiasme. Lorsqu'il voulut partir, elle le retint en lui demandant des précisions sur le programme de son candidat. Il s'enhardit et sortit de sa serviette une grande photo de l'avocat, barrée par le slogan « *Saint-Pierre a besoin de Beaulieu !* ». Elle s'empressa de la scotcher sur sa vitrine avant de lui poser des questions personnelles. Elle voulait savoir son âge, s'il était en couple, sa profession, maintes demandes futiles qui le mirent mal à l'aise. Il ne réussit à s'en aller que lorsque la vendeuse sollicita l'aide de sa patronne et qu'elle ne put se dérober. Il s'enfuit après lui avoir rappelé l'heure de la réunion de l'Ares.

Martine impressionna tellement Mathieu qu'il parla d'elle à sa sœur, qu'il lui décrivit en détail sa tenue. Sophie, qui portait ce soir-là un pantalon fripé et un polo défraîchi, l'écouta nerveusement ; lorsqu'il eut fini, elle lui demanda :

— Aimerais-tu que je m'habille ainsi ?

Il la regarda, gêné avant de répondre plus vivement qu'il ne l'eut souhaité :

— Je n'ai pas à choisir tes vêtements. Je ne suis que ton frère, pas ton mari ! De toute façon, d'après maman, il n'y a que les pantalons et les pulls sports qui te vont. Les tailleurs ne sont pas faits pour toi, selon elle, Sosso, railla-t-il.

Qu'à trente ans passés, elle continue à suivre docilement les diktats maternels, le révoltait. Il la disputait souvent à ce sujet. Elle ne se défendit pas et baissa la tête d'un air malheureux. Il s'en voulut de lui avoir fait du mal sans qu'il l'eût voulu et se mordit les lèvres de contrariété. Pour faire diversion, il s'approcha du buffet pour prendre le cadre qui contenait sa photo.

— Qu'ai-je fait de si spécial pour avoir l'honneur de figurer à côté de tes filles ?

Elle le regarda fixement et, de nouveau, il fut happé par l'ombre émeraude, de nouveau ils se parlèrent par l'intermédiaire de leurs yeux puisque les mots leur étaient interdits. Elle se rapprocha lentement de son frère, en quête de tendresse. Ému, il reposa le cadre avant de l'attirer contre lui. Il entoura sa taille d'une main et, de l'autre, il lui caressa doucement la joue. Mais déstabilisé par les sentiments troubles qui montaient en lui, il s'empressa d'appeler ses nièces pour le dîner.

Mathieu attendit impatiemment le jour de la réunion de l'Ares, tout en étant persuadé qu'il serait déçu ou que Martine ne viendrait pas. Elle occupait son imaginaire et il lui composait en rêve des tenues cherchant la plus parfaite, celle qui lui donnerait le plus de satisfaction érotique.

Elle vint en retard alors qu'il commençait à désespérer. Sa toilette le ravit : elle portait un tailleur rouge avec un corsage sombre, des collants noirs et des bijoux dorés. Quand elle vint vers lui, il aima sa démarche ondulante, le sourire qu'elle afficha, sa façon gracile de lui tendre la main.

Mathieu la présenta à Beaulieu et il comprit, en écoutant leur conversation, la raison pour laquelle elle s'intéressait tant à eux : Jolves s'était opposé frontalement à la modification de la façade de son magasin parce qu'il souhaitait préserver l'aspect de la grande place de Saint Pierre et éviter qu'elle ne fût dénaturée par des enseignes commerciales trop criardes. Malgré le charme sous lequel elle le tenait, il fut écœuré lorsque son ami suggéra que, s'il était élu, l'affaire serait reconsidérée. Que la politique se résume à un échange de bons procédés le révulsait. Prétextant que son mari l'attendait, elle partit très vite après avoir réglé sa cotisation, été cooptée par le bureau de l'Ares et accepté de figurer à une place non éligible sur la liste de Beaulieu.

Lorsque la réunion fut terminée, Mathieu prit à part Dominique. Il ruminait depuis trop longtemps dans son coin et avait besoin de se livrer.

— Quel cancan ton journal va-t-il diffuser cette semaine ? demanda-t-il aigrement. Que Jolves est homosexuel et qu'il a le sida ? Comment peux-tu encore te regarder dans une glace ! Et tu sais ce qui me dégoûte le plus ? C'est la fausse objectivité avec laquelle on te traite dans ce torchon ! On feint de rechercher une vague brindille de paille dans ton œil, afin de mieux souligner la poutre qu'on trouve dans les yeux des autres.

— Écoute Mathieu ! Je n'ai pas le choix ! Si je joue le jeu politique traditionnel, je n'ai aucune chance et l'Oustrélie restera embourbée dans son ornière. Et surtout tu oublies que le courrier n'invente rien : si mes adversaires n'avaient rien à se reprocher, le journal ne parlerait pas d'eux.

— Tu perdras ton âme dans ces combines douteuses !

— Je t'en prie ! Ne joue pas les moralisateurs à deux sous. La politique n'est pas un jeu pour boy-scouts. Les purs sont impitoyablement balayés et personne ne tire profit de leur candeur ! Moi, contrairement à d'autres, si je veux prendre le destin de Saint Pierre en main, c'est uniquement dans l'intérêt de la ville et pour nulle autre raison. Alors qu'importent les moyens que j'utilise pour m'emparer de la mairie. Lorsque je serai élu, je me payerai le luxe d'être chevaleresque et irréprochable. Pas avant !

— Je ne suis pas d'accord, protesta Mathieu.

Ce fut le seul argument qu'il lui vint à l'esprit et il renonça à poursuivre la conversation.

Feustein avait remarqué que Mathieu ne détachait pas son regard de Martine. Amusé par cette admiration béate, il décida de lui donner une leçon. Il nourrissait à son égard une pointe de jalousie, car son patron prêtait, à son goût, trop d'attention aux suggestions de Robili. Hubert trouvait pourtant Mme Duas commune et ne se serait pas intéressé à elle en d'autres circonstances. Pourtant, il entreprit de séduire celle que Mathieu désirait tant. Il envisageait, une fois qu'il eut accroché la commerçante à son tableau de chasse, d'informer Robili de son infortune afin de parfaire son humiliation. Il savait que Martine travaillait les matins, seule sans vendeuse. Un mardi, à l'ouverture de la boutique, il lui envoya une superbe gerbe de roses avec son numéro de téléphone parisien. Elle l'appela sitôt les fleurs reçues, accepta son invitation à déjeuner pour le vendredi suivant et le suivit sans hésitation à l'hôtel le repas fini.

Quand leurs sens furent apaisés, ils discutèrent, d'une façon moins formelle et moins guindée qu'au restaurant. Martine était bavarde, expansive, à la verve soûlante. Lorsqu'ils eurent épuisé plusieurs sujets, ils finirent par parler de Mathieu.

— Je le trouve mignon, avoua hilare Martine. Il est tellement maladroit et coincé qu'il en devient séduisant.

— À mon avis, il est encore puceau ! S'il te tente, ne te gêne pas : tu seras son initiatrice.

— Comment sais-tu qu'il est vierge ? Aucun homme ne fait jamais ce type de confidences !

— Sa sœur m'a appris qu'il n'était jamais eu de liaison sérieuse avec une fille et je ne le vois mal fréquenter les putes. Il est trop collet monté pour cela

— Tu sors avec sa frangine ?

— Une fois seulement. Elle est particulière.

Il se reprocha aussitôt d'avoir émis ce commentaire peu flatteur sur Sophie

— Tu l'as baisée ?

Il secoua la tête, embarrassé, provoquant un éclat de rire.

— Ne me dis pas que, toi le chaud lapin, tu ne l'as pas draguée ! En plus pour qu'elle te parle de son frère il faut que vous soyez drôlement intimes ! Tu n'es pas si irrésistible que je le pensais puisque tu ne l'as pas sautée.

— Eh ! Je l'ai emmenée dans ma chambre quand même, répliqua-t-il mal à l'aise, mais elle a refusé d'aller plus loin que des caresses.

— Et tu l'as respectée ? Je ne te croyais pas si gentleman.

Irrité par son ironie, il garda le silence. Autant Mathieu l'irritait, autant la fragilité de Sophie le touchait.

— Faisons un pari, reprit-elle, railleuse. Le premier de nous deux qui couche réellement avec un membre de la famille Robili aura gagné. Je propose comme enjeu un repas pantagruélique au grand hôtel. Le perdant paiera l'addition !

Il haussa les épaules ; il n'était pas intéressé par ce jeu. Qu'elle séduise Mathieu si elle le voulait, mais il ne mêlerait pas Sophie à cette affaire.

— Sa sœur m'a interdit de la rappeler avant le mois de novembre, grommela-t-il exaspéré. Ton pari est grotesque et je n'y participerai pas.

— Tu te défiles, oui ! Ton excuse est vraiment bidon. Pourquoi n'aurais-tu pas le droit de lui téléphoner avant novembre ? Elle te mettra à l'amende ?

— Presque.

— Tout cela c'est du pipeau, mais soit ! Pour égaliser les chances, j'attendrai début novembre pour m'attaquer au petit Mathieu. Accepte ! Allez ! Dis oui ! Sois sympa !

Elle insista jusqu'à ce qu'il cède par lassitude, mais il ne se sentait pas engagé par cette promesse et il était persuadé qu'elle oublierait vite son pari saugrenu. Néanmoins, cette complication lui fit abandonner l'idée d'informer Robili de son infortune.

Un matin, Mathieu s'arrêta devant le local où officiait Valérie. Le courage lui manqua ; il renonça à lui parler comme il en avait primitivement l'intention. Il se contenta d'un sourire, qui se mua en grimace ; il l'accompagna d'un inaudible « *Bonjour* » avant de s'enfuir. Il fut obsédé toute la journée par les traits de la standardiste, son visage se mélangeant intimement à celui de Sophie dans un brouillard érotique. Les deux jeunes femmes étaient les deux faces, l'une licite, l'autre interdite d'un même fantasme, indécis et précis, fumeux et oppressant, qu'exacerbaient ses frustrations sexuelle et sentimentale.

Brigitte Delhaye craignait par-dessus tout le mercredi matin le jour de la parution du courrier de Saint-Pierre. Elle envoyait une assistante chercher un exemplaire dès que ce torchon était disponible. Quand son employée revenait, elle s'enfermait dans son bureau pour le décortiquer. Sa vie et son comportement étaient passés au crible. Le goût qu'on lui prêtait pour les beaux garçons était le leitmotiv d'une campagne hargneuse et au-dessous de la ceinture. Même le combat qu'elle menait pour les handicapés et dont elle était si fière intérieurement, se transformait sous la plume du mystérieux rédacteur en un moyen éhonté de gagner argent et notoriété.

Elle avait consulté l'avocate du parti communiste. Cette dernière après avoir longuement étudié les articles incriminés avait rendu un verdict décourageant :

— Vos détracteurs sont habiles, lui expliqua-t-elle. Ils n'affirment rien : ils sous-entendent seulement et même prennent soi-disant votre défense. Ils utilisent le droit reconnu depuis toujours aux chansonniers et aux humoristes de brocarder les hommes politiques. Nous pourrions aller devant le tribunal des référés, mais je doute que nous obtenions une condamnation pour diffamation. À mon avis, pour dégonfler l'affaire, le mieux serait d'en rire publiquement. Faites savoir autour de vous que vous attendez avec impatience le prochain numéro. Écrivez une lettre ironique au journal dans laquelle vous les remerciez de dévoiler des aspects de votre personnalité que vous-même ignoriez. Ils se sentiront obligés de la publier, même partiellement, et vous mettrez ainsi les rieurs de votre côté. Et n'oubliez pas l'adage « *Qu'on en parle en bien ou en mal du moment qu'on en parle !* »

L'ombre émeraude

Les conseils de l'avocate lui étaient restés en travers de la gorge. Comment pouvait-elle s'amuser du contenu de ces articles ?

Le mercredi qui suivit cette décevante entrevue avec l'avocate, le courrier de Saint Pierre récidiva :

— Brigitte Delhaye ne paiera pas en nature le maire intérimaire s'il finance l'inutile mais indispensable ascenseur de son centre. M. Jolves est trop moche pour obtenir cette faveur. Pour avoir le droit de devenir l'amant de Mme Delhaye, il faut un minimum de charisme tout de même. Nous plaisantons bien sûr, comme vous le savez tous, notre édile fait de l'ombre à Alain Delon.

Elle chiffonna le journal de rage. Au bout de quelques instants, elle le défroissa et lut les autres échos. Aucun ne parlait d'elle. Le plus agressif éreintait Beaulieu :

— Le président du Racing de Saint-Pierre est tellement furieux du médiocre début de saison de son équipe, qu'il remplace quasiment l'entraîneur : c'est lui qui compose les équipes et décide de la tactique. C'est tout juste s'il ne préside pas aux échauffements des joueurs. Le courrier se permet de lui donner un conseil : qu'il rentre sur le terrain à la place de l'international camerounais acheté à prix d'or et qui n'a encore marqué aucun but. Dominique réussissant tout ce qu'il entreprend, il enverra fatalement le ballon au fond des filets dès la première rencontre. Et même avec beaucoup de chance dans ceux de l'adversaire !

Une idée lui traversa l'esprit et elle la jaugea tout le long de la journée. Le lendemain, lors de la pause-déjeuner, elle se mit à la recherche de Sophie avant de la trouver prostrée près de la machine à café. La sœur de Mathieu eut un mouvement de recul lorsqu'elle vit sa supérieure se diriger vers elle tant elle craignait ses reproches et ses réprimandes. Brigitte s'empressa de lui sourire.

— Sophie, j'aurais besoin de votre aide.

La jeune femme fut surprise, car sa directrice n'utilisait pas d'ordinaire son prénom pour s'adresser à elle.

– Je vous demande le secret le plus absolu sur notre conversation. Figurez-vous toujours sur la liste de Beaulieu ?

– Oui.

– Pouvez-vous transmettre un message de ma part à votre mentor ?

– Oui, je le donnerai à mon frère qui est le secrétaire de l'Arès. Il fera suivre.

– Je refuse tout intermédiaire inutile. Contactez directement votre tête de liste.

– Je n'ai pas son numéro ! En revanche, je connais celui de son assistant, Hubert Feustein.

Brigitte Delhaye soupira :

– D'accord ! Téléphonez à ce Feustein. Je souhaite rencontrer son patron en tête à tête. Vous nous prêterez votre appartement pour cette entrevue.

Le ton sans appel qu'elle avait employé, interdisant à son employée de refuser, Sophie acquiesça d'un imperceptible mouvement de tête. Brigitte se sauva non sans avoir exigé à nouveau le secret absolu sur leur conversation.

Sophie était perturbée. Elle envisagea, malgré les consignes, d'informer son frère afin qu'il transmette le message et la décharge de cette corvée. En même temps, elle avait envie de parler à Hubert, d'entendre le son de sa voix. Elle se traita de sotte : il n'était pas pour elle, l'anormale. Pourquoi s'accrochait-elle à lui ? Elle n'avait rien à attendre d'un tel séducteur.

Son après-midi fut pénible. Elle n'arriva pas à se concentrer sur son travail et une migraine atroce lui battit les tempes. Lorsque épuisée, profondément déprimée, elle ouvrit la porte de son appartement, elle avait péniblement mis au point un compromis entre ses désirs contradictoires : elle ne composerait qu'une fois le numéro de Feustein. Si elle n'arrivait pas à le joindre, elle informerait son frère de sa mission et le laisserait se débrouiller. Une secrétaire décrocha à la troisième sonnerie :

– France industrie, bonjour.

— Pourrais-je parler à monsieur Hubert Feustein, bredouilla-t-elle.

— De la part de qui ?

La voix semblait devenue hostile. Elle faillit reposer le combiné, mais elle se domina et bafouilla :

— Sophie, Sophie Dufour-Robili.

On la fit patienter. Elle était persuadée que pour finir, on lui annoncerait qu'Hubert était en réunion ; elle se trompait, il prit son appel.

— Voilà un événement inattendu ! Te manquerais-je, mon cœur ?

— Ne te réjouis pas trop vite ! Je te téléphone uniquement pour une raison de service.

Elle hâta de délivrer sa commission.

— M'autorises-tu, à t'appeler sans compromettre notre sortie du mois de novembre ? demanda-t-il, ironique. Je te préciserai quelle suite Dominique donnera à la proposition de ta directrice.

— D'accord.

— Tu sais Sophie, je pense souvent à toi, se hasarda-t-il.

Mais déjà elle avait raccroché.

VIII

Pour que l'entrevue entre Delhaye et Beaulieu, prévue un samedi après-midi, se déroulât dans le calme, Sophie demanda à son frère de conduire les filles à la patinoire. Elle prétexta avoir besoin de tranquillité afin d'écrire un rapport pour son travail ; mais devant les soupçons de Mathieu, et les questions dont il l'abreuva, elle se résigna à lui avouer la vérité. Il fut vexé d'avoir été mis à l'écart et lui fit des reproches amers derrière lesquels elle discerna une pointe de jalousie envers Feustein. Que son frère se mette en colère pour cette cachotterie lui fit plaisir.

Les cheveux cachés par un foulard et les yeux dissimulés derrière de grosses lunettes noires, Brigitte Delhaye arriva la première, précédant de peu Beaulieu et son assistant. Les deux candidats s'enfermèrent, aussitôt, dans le salon, en tête à tête.

Troublée à l'idée de se retrouver seule, chez elle, avec Hubert, Sophie l'emmena dans sa cuisine et le fit asseoir à la petite table où elle prenait ses repas avec ses enfants. Elle lui offrit de prendre un verre, mais il refusa.

— C'est gentil chez toi, siffla-t-il.

— C'est commun, tu veux dire ! Les intérieurs dont tu as l'habitude à Paris sont autrement arrangés.

Il ne put réprimer un sourire et sortit un paquet de sa poche.

— Voici mon cadeau d'anniversaire. Pardonne-moi pour les huit jours de retard !

— Comment connais-tu ma date de naissance ?

— J'ai lu ta fiche d'adhésion à l'Arès.

— Je t'avais interdit de m'offrir quelque chose, protesta-t-elle.

— Tu m'as ordonné de ne pas t'envoyer de fleurs, alors que là je te remets cette babiole en main propre. Je ne viole pas ton interdiction. Allez, je t'en prie. Regarde ce que c'est.

Elle défit le paquet et en sortit un écrin de velours bleu. Il contenait une élégante et coûteuse paire de boucles d'oreilles ; elle referma la boîte sitôt ouverte.

— Reprends-la !

— Pourquoi ?

— Ton cadeau n'a aucun sens : tu n'es pas amoureux de moi ! Tu ne me désires même pas ! Je n'ai absolument rien à t'apporter. Un chat te donnerait plus de chaleur et d'affection que tu n'en recevras jamais de moi. Nous n'avons aucun avenir commun et nos routes vont fatalement diverger. Ton jeu est trop cruel.

Des larmes coulèrent de ses yeux. Il repoussa doucement l'écrin vers elle.

— Que racontes-tu Sophie ? Tu emploies à tort et à travers des grands mots : avenir, route et j'en passe ! Tout cela est absurde. J'ignore comment notre relation tournera et je m'en fiche éperdument. J'ai juste eu envie de t'offrir un cadeau. Je n'ai pensé à rien d'autre. Détends-toi, sois plus simple !

Il ouvrit l'écrin et en sortit les bijoux. Il les accrocha délicatement aux lobes de Sophie, en prenant soin de ne pas lui faire mal. Elle se prêta au jeu en ravalant ses pleurs.

— Alors, tu te libéreras pour moi le premier novembre ?

Elle chuchota son accord.

— Parfait ! Je t'enlèverai dès sept heures du matin : direction Bruxelles et je n'admettrai aucune objection !

Elle ne parla plus et resta pétrifiée le regard fixe, jusqu'à ce que les deux candidats émergent du salon. Brigitte Delhaye s'enfuit aussitôt, en serrant son foulard sur la tête.

Au moment de partir, Feustein déroba à Sophie un baiser sur ses lèvres.

— Ne me rappelle que le 30 octobre pour confirmer. Pas avant ! lui enjoignit-elle d'une voix sourde.

L'ombre émeraude

Lorsqu'elle se retrouva seule, elle arracha les boucles d'oreilles avant de les jeter à la poubelle. Mais elle les reprit aussitôt, les lava et les accrocha à nouveau à ses lobes. Elle se regarda dans la glace de sa salle de bains. Elles lui allaient bien, Feustein avait du goût.

Une nouvelle obsession envahit brutalement le champ de sa conscience : et si Hubert avait le sida ? S'il l'avait contaminée en éjaculant sur sa cuisse ? Elle savait pertinemment que sa crainte était absurde et que ce doute lancinant, déstructurant était le prix à payer pour s'être crue, un instant, normale et ordinaire.

Dans la voiture, Feustein demanda goguenard :

— Alors ? Que te voulait la mère Delhaye ?

— Des fadaises ! Elle souhaite que tous les candidats aux municipales se liguent contre le courrier de Saint-Pierre, que nous signons tous un communiqué commun dénonçant, je la cite, « *Les méthodes inadmissibles et antidémocratiques de ce canard* ». Tu vois le topo ! Je l'ai payée en bonnes paroles ; j'ai affirmé d'un air pénétré que j'allais réfléchir, qu'il fallait d'abord consulter les autres partis. Les politiques locaux sont vraiment en dessous de tout. Ils ne sont même pas fichus de se rendre compte qu'il y a anguille sous roche. Nous tenons le bon bout, Hubert. Quand nos petites manœuvres auront produit leur plein effet, *le Pays des Crétins* sera à nous.

Il aimait jouer avec cette expression empruntée à Mathieu, tout en prenant garde de ne l'employer qu'en présence de ses fidèles les plus sûrs tant ce surnom était outrageant et méprisant.

Lorsque Mathieu ramena les fillettes à leur mère, il trouva sa sœur prostrée sur le canapé. Il remarqua les boucles d'oreilles et en soupçonna aussitôt la provenance.

— Un cadeau de Feustein ? demanda-t-il, accusateur.

Elle confirma d'un signe de tête, les yeux absents. Il devina qu'elle était à nouveau en pleine confusion mentale.

— Que se passe encore ? hurla-t-il en colère.

— Tout va bien, mentit-elle.

— Sophie ! Je vois bien que tu meules.

— Des bêtises, cela va passer. Ne t'inquiète pas !

Son timbre était effrayant de détachement. Il arrivait à déterminer, rien qu'en écoutant sa voix, quelle était l'ampleur des crises qu'elle traversait. Celle qui la frappait à présent était majeure.

— Tu m'avoueras tôt ou tard ce qui te tracasse, gronda-t-il, alors dis-le-moi tout de suite !

Elle capitula. Elle demanda à ses filles d'aller jouer dans leurs chambres et lui confia à voix basse ses craintes d'avoir attrapé le sida. Il la pressa de questions pour savoir ce qui s'était exactement passé dans la chambre d'hôtel et rassuré, haussa les épaules.

— Tu n'as pas fait l'amour avec lui. Tu ne cours donc aucun risque. Même s'il avait le virus, la peau de ta cuisse n'aurait rien laissé passer. Je ne veux pas discuter avec toi, car je perds mon temps. Combien de comprimés d'Anafranyl prends-tu ?

— Un de vingt-cinq.

— Passe à deux, ordonna-t-il

Il n'en pouvait plus de se battre contre son incontrôlable et destructrice logique. Il en avait assez de passer des heures à terrasser des chimères dénuées de sens. Et il avait peur. Il redoutait le moment où l'illusion que représentait Feustein serait définitivement balayée, où elle se retrouverait abandonnée, face à ses angoisses et ses illusions détruites.

Il réprima avec peine l'envie de lui caresser le dos, de l'embrasser sur les lèvres, de la rassurer en lui faisant l'amour. Il ne permit aucun geste de tendresse, même pas celui de lui frôler la joue, parce que ses nièces jouaient dans la pièce contiguë, parce que le tabou était encore suffisamment fort pour les préserver de l'inadmissible, parce que l'inceste était une solution de désespoir qui les enfermait autant qu'il les sauverait. Telle une litanie protectrice, il lui répéta plusieurs fois que si elle augmentait sa dose d'antidépresseurs, elle irait mieux.

La seule perspective qu'il lui offrait était médicamenteuse. Grâce aux *pilules du bonheur*, les obsessions de Sophie desserraient leur étau et elle retrouverait, dans peu de temps, un semblant d'équilibre, mais elles ne régleraient rien sur le fond. Sophie était assise sur un volcan dont l'éruption était certaine.

IX

Pendant l'automne, les ralliements à Beaulieu se multiplièrent, mais Mathieu ne s'en réjouit pas parce que ceux qui rejoignaient l'Ares prêtaient souvent à controverse. On trouvait parmi les nouveaux partisans de Dominique, un agent immobilier à la réputation sulfureuse, un boucher qui essayait, en vain, de se faire élire depuis des années, un avocat en passe d'être radié du barreau. Seuls deux chirurgiens renommés relevaient le niveau des impétrants, mais Robili les soupçonnait d'être surtout motivés par l'agrandissement de leur clinique du centre-ville. Alors que Jolves bloquait par son inertie leurs projets, ils espéraient que la nouvelle municipalité leur accorderait soutien et subsides. Sans conviction, Mathieu essaya, un soir de déprime, d'aborder le problème avec son mentor.

— Ta liste est la coalition des mécontents ! lui reprocha-t-il. Tous les escrocs, les aigris et les ratés du coin accourent prêts à dévorer le gâteau si par hasard tu le conquiers.

Beaulieu eut un geste d'impuissance.

— Écoute, Mathieu ! Je prends les alliés que je trouve. Je n'ai vraiment pas le choix. Amène-moi des gens de valeur et je les intègre de deux mains sur ma liste. Je te répète ce que j'ai martelé plusieurs fois ! La politique n'est pas un jeu pour Boy-scout. Si je fais la fine bouche et si je joue les vierges effarouchées, je suis sûr de perdre.

Mathieu n'insista pas, mais, de nouveau, lui, l'éternel hésitant, se sentait en déphasage avec son ami. Cependant avant de se détacher définitivement de lui, il tenta, dans un ultime effort, de rallier Botellot et Lafa à la bannière de Beaulieu, afin qu'ils fassent contrepoids aux recrues douteuses de l'Ares. Il entretenait de bonnes relations avec eux et continuait de participer aux réunions du parti républicain. À la fin de l'une d'entre elles, il rompit la tacite convention qui leur interdisait d'aborder entre eux le problème des municipales.

— Change de camp, Charlie. lui assena-t-il. Tu deviendras le premier adjoint de Beaulieu. Il n'attend que cela.

Botellot sourit devant sa fougue :

— Si je commettais la bêtise de trahir Jolves, je ne serais plus rien en mars prochain. Ton copain t'a-t-il parlé du dernier sondage où il plafonne à vingt pour cent des voix ? Il a raté son coup. Et, malheureusement, il nous déstabilise. La gauche engrange des points. Or Saint-Pierre n'est pas un fief imprenable de droite. Aux présidentielles, Mitterrand a obtenu quarante-huit pour cent des voix Si le parti socialiste se choisit un candidat valable, il peut passer, alors que Beaulieu n'a aucune chance.

— Charlie ! Tu connais mon hostilité au gouvernement actuel, mais je préfère un maire de gauche capable qu'à un incapable de droite. Jolves est la nullité incarnée. Il était le véritable maire depuis des années et qu'a-t-il fait ? Rien !

— Tu exagères. Il n'a pu entreprendre aucune réforme, car il n'était pas le patron officiel. Dusart rechignait à changer quoi que ce soit. Philippe n'est pas un génie, je te concède volontiers, mais il gérera la ville correctement.

— Il est totalement incompétent ! Et je mettrais ma main à couper que tu es d'accord avec moi, même si tu ne l'avoueras jamais. Tu détiens la clé de l'avenir de Saint-Pierre, Charlie. Tu es sans doute le plus doué de la liste Jolves. Si tu rejoins Beaulieu, tout deviendra possible pour lui et en même temps tu dynamiseras son équipe.

Botellot se retint de justesse de pouffer devant ces flagorneries éhontées.

— Ta confiance et tes compliments me touchent, rétorqua-t-il ironique, seulement je ne représente pas grand-chose dans cette ville : je ne suis que le cinquième adjoint et ma défection passerait inaperçue. Et si on suit ta logique, ce dont je me garderais bien, ne vaut-il pas mieux que je sois au soir du 13 mars dans le camp des vainqueurs ?

Il appuya son sourire et martela :

– Allez ! Rends service à Saint-Pierre : persuade Beaulieu de renoncer. Sinon la ville risque de basculer à gauche et qui sait même au parti communiste.

Botellot était terrorisé à l'idée qu'un séide de Georges Marchais s'installe à l'hôtel de ville. Rien depuis l'élection de Mitterrand n'aurait pu autant l'horrifier. Mathieu n'insista pas ; il prit congé plus froidement que d'habitude. Alors qu'il marchait dans les rues envahies par les feuilles pour regagner son domicile, il sentit le désarroi l'envahir : rien ne marchait comme il le voulait. La politique se révélait sur son vrai jour : un univers triste et glauque où on n'avait souvent le choix qu'entre de mauvaises solutions. Un accès de dépression le submergea. Et dans son désespoir surgit comme un bouclier, l'image de sa sœur. Il avait envie de la serrer contre lui, de construire avec elle une coquille qui les protégerait l'un et l'autre du monde extérieur où ils étaient incapables de vivre sans souffrir. Pour contrer cette tentation, angoissante et honteuse, il s'efforça de susciter un contre-feu en pensant à Valérie, sans arriver pour autant à se rappeler distinctement des traits de la standardiste tant ils se mélangeaient intimement à ceux de sa sœur.

Grâce à ses médicaments, Sophie alla mieux ; elle se mit à ressentir des bouts de désirs, des brides de fantasmes. Elle s'enhardit et décida de passer à l'acte un samedi après-midi où elle n'avait pas ses filles. Elle se rendit dans un magasin de vêtements, qui passait pour être le plus chic de Saint-Pierre, afin de se procurer un tailleur bleu marine. La vendeuse lui en montra un à contrecœur, tout en insistant pour que son choix se porte sur une tenue, moins classique mais qu'elle trouvait plus moderne, plus adaptée à la morphologie de sa cliente, mais

L'ombre émeraude

Sophie s'obstina avec la résolution des faibles. Elle dut également batailler pour s'acheter un chemisier de dentelle blanc. La vendeuse avait un corsage coloré à lui proposer et fit tout pour la convaincre de le prendre.

Elle passa ensuite au magasin de Martine. Elle la reconnut d'après la description qu'en avait fait son frère. Elle la trouva jolie, mais défraîchie. Elle estima que Mathieu avait été attiré par la féminité de la commerçante plus que par son physique.

– Votez pour Beaulieu ! la harangua Mme Duas lorsqu'elle tendit son paquet à Sophie.

Dès qu'elle le pouvait, elle vantait, avec fougue, son candidat à ses clients, au risque de les froisser.

– Vous prêchez une convaincue : Je suis sur sa liste.

Elle ajouta, non sans une certaine fierté :

– Mon frère dirige l'Ares. Vous le connaissez sans doute. Nous nous appelons Robili.

Depuis que Mathieu était connu dans la ville, Sophie adorait préciser qu'elle était sa sœur. Martine la détailla avec condescendance en se demandant ce qui avait pu pousser Hubert à sortir avec cette asperge sans grâce et mal fagotée.

– Je suis enchantée de vous rencontrer, Mme Robili. Reprenez votre chèque. je vais vous faire une remise de 20 %. En contrepartie, j'espère que vous deviendrez une de nos clientes régulières.

Cette visite rappela à Martine le défi infantile qu'elle avait imposé à Hubert. Au grand agacement de ce dernier, elle lui téléphona à Paris.

– Je te préviens : je passe bientôt à l'attaque pour séduire le petit Robili.

– Arrête ! Cette histoire ne m'intéresse pas.

– Trop tard ! Tu as accepté mon pari.

– Sur quel ton faut-il te dire que je n'entre pas dans ton délire ?

— Mauvais joueur. Tu te défiles, car tu sais que tu vas perdre.

Elle raccrocha sans lui laisser le temps de protester à nouveau. Il hésita à la rappeler avant de juger que cela ne servirait à rien : elle ne changerait pas d'avis vu son entêtement.

Martine décida de tricher et de prendre un peu d'avance par rapport au calendrier fixé. Elle se posta le dernier mardi du mois d'octobre, à l'heure du déjeuner, devant la sortie de la DDE. Elle eut la chance de trouver une place libre pour sa voiture, juste en face de l'entrée, mais dut patienter presque une heure avant qu'il ne paraisse sur le perron. Elle le klaxonna vigoureusement, sans qu'il ne détournât la tête. Elle sortit vivement de sa BMW et le héla, sans résultat. Elle dut courir après lui, malgré la gêne de ses hauts talons et de sa jupe droite, car il marchait à grandes enjambées. Elle avait honte de se donner en spectacle en poursuivant un jeune homme qui était à peine plus âgé que son fils. Lorsqu'il s'aperçut de sa présence, il rougit.

— Mme Duas, bégaya-t-il.

Elle reprit son souffle, ce qui permit à sa colère de s'apaiser.

— Vous êtes distrait, ma parole, jeta-t-elle. Je vous course depuis cinq minutes.

Elle trouva mignon le trouble qui l'envahit.

— Je suis désolé. Je ne m'attendais vraiment pas à vous rencontrer.

Elle réussit difficilement à maîtriser le fou rire qui la gagnait. Posant sa main sur son bras elle susurra :

— Et si nous allions au restaurant ? Je vous offre un repas au grand hôtel.

— Impossible ! Je n'ai qu'une demi-heure pour déjeuner.

— Flûte ! jeta-t-elle dépitée.

Elle avait faim et était exaspérée par l'attente

— Si vous m'aviez prévenu, se défendit-il, je me serais arrangé, bien que...

Il se tut et elle lui demanda, un peu vivement :

— Que vouliez-vous ajouter ? Vous n'êtes pas allé du bout de votre phrase.

— Eh bien, vous êtes en couple, bredouilla-t-il. Je ne trouve pas convenable de déjeuner seul avec vous, vis-à-vis de votre mari.

Martine s'esclaffa :

— Où as-tu été éduqué Mathieu ? Mon époux et moi, nous nous laissons une entière liberté sexuelle. Tu n'as pas envie de moi ? Un cinq-à-sept ne te tente pas ?

Robili la regarda sans répondre, les yeux exorbités.

— Ne me dis pas que je ne te plais pas. Aux réunions de l'Ares, tu ne cesses de me reluquer.

Mathieu, humilié de voir ses fantasmes mis à nu, bafouilla :

— Aujourd'hui, je n'ai vraiment pas le temps de déjeuner avec vous. J'ai un rendez-vous important à quatorze heures. Une autre fois peut être, bien que…

— Quand ? le coupa-t-elle. Tu n'exiges quand même pas que mon mari te téléphone afin de donner la permission de me sauter ?

Il tiqua devant la crudité de la réponse et hésita avant de proposer timidement :

— Vendredi, je peux prendre mon après-midi.

Sophie serait partie chez leurs parents et il serait seul à Saint-Pierre. Sa facile victoire redonna le sourire à Martine.

— D'accord ! Je vais m'arranger, minauda-t-elle.

Elle fouilla dans son sac pour en extirper une carte de visite qu'elle lui tendit.

— Puisque tu es libre, passons directement aux choses sérieuses. Voici mon adresse je t'attends à quatorze heures.

— Chez vous ! Mais votre mari ?

— Je te l'ai dit ! Nous sommes un couple libre. Je le préviendrai et il ne rentrera pas de l'après-midi. Nous n'allons pas prendre une chambre à l'hôtel. À Saint Pierre, il n'y en a aucun qui soit discret.

— Vos voisins ne diront rien qu'un homme sonne à votre porte ? Je risque de vous compromettre.

— Ne t'inquiète pas. Je raconterai que j'ai une réunion politique avec toi. Nous sommes membres tous les deux du bureau de l'Arés, non ?

— Excusez-moi, parvint-il à bredouiller malgré sa gêne, je dois maintenant aller manger.

Il était décomposé, excité, désemparé.

— Ne t'avise pas de me faire faux bond, le menaça-t-elle alors qu'il s'enfuyait.

Mathieu toucha à peine à son repas et lorsqu'il fut de retour à son bureau, il n'arriva pas à se concentrer sur son travail tant il pensait à Martine. Il était en plein délire sexuel, ramené sans cesse à des désirs primitifs et ingérables. Il se demandait aussi ce qu'il avouerait à Sophie, ce qu'il tairait. Il avait peur de sa réaction, tout en souhaitant la provoquer, l'entraîner sur un terrain ambigu et glissant, l'emporter de force dans ses fantasmes honteux. Il espérait également qu'elle l'empêche de succomber à la proposition scabreuse de Martine. Il ne se sentait pas de taille à lutter seul contre la tentation et avait besoin de l'appui de sa sœur.

Ils dînèrent en tête à tête, le soir du 31 octobre. Hélène et Marie se trouvaient chez leur papa, enfin revenu de son stage. Tout le long du repas Sophie sembla tendue, elle mordillait ses lèvres de contrariété. Elle finit par lui annoncer au dessert sur un ton faussement désinvolte :

— Demain, je profite que les filles ne sont pas là. Feustein m'emmène en excursion à Bruxelles.

Mathieu se décomposa et sentit monter en lui une violente colère. Il n'osa pas protester ouvertement contre cette excursion, mais il se vengea en lui avouant :

— Pour ma part, bafouilla-t-il, j'ai rendez-vous vendredi avec Martine Duas, la commerçante dont je t'ai parlé. Elle me propose de lui faire l'amour.

Il eut l'impression, l'illusion, que les yeux de Sophie se nimbèrent de souffrance.

— Je l'ai vue, car je suis allée acheter une paire de chaussures chez elle. Je la trouve vulgaire.

Inconsciemment, elle avait imité le ton sec et définitif de leur mère. Tel un enfant fautif, il tenta de se justifier :

— Elle m'a guetté à la porte de mon travail. C'est elle qui s'est offerte. Je ne l'ai absolument pas draguée.

Une digue céda soudain dans l'esprit de Sophie et les flots balayèrent ses dernières hésitations. Elle cessa de lutter contre le monde et ses conventions frustrantes :

— Mathieu ! Je vais te laisser seul au salon quelques instants. Ne t'en vas surtout pas. Allume la télé pour patienter !

Il la regarda perplexe, incapable de deviner où elle voulait en venir.

— Pourquoi ?

— Tu verras bien !

Elle refusa d'en dire plus, se contentant de lui sourire, tout en baissant les yeux. Après qu'elle eut quitté la pièce, il se saisit de la télécommande et zappa afin de trouver un programme intéressant, sans parvenir à se concentrer sur l'écran. Lorsqu'il entendit un bruit d'eau, il se demanda pourquoi elle prenait une doche à cette heure de la journée. Intrigué, il finit par se lever et alla jusqu'à la porte de la salle de bains.

— Que se passe-t-il Sosso ? Pourquoi te laves-tu ?

Elle lui répondit d'une voix mal assurée :

— Aie un peu de patience, je t'en prie. J'ai bientôt fini. Retourne au salon ! Lorsque je sortirai, ne me regarde surtout pas. Tu gâcherais tout. Je te dirai lorsque j'aurai fini.

Dérouté, il regagna le canapé. Il entendit successivement le moteur du sèche-cheveux, le grincement que fit la porte de la salle d'eau en s'ouvrant, les talons nus de sa sœur frapper le carrelage du couloir. Bien qu'il en mourrait d'envie, il ne tourna pas la tête, respectant son étrange consigne. Il flottait dans un monde étrange, irréel, excitant. Il ne bougea pas lorsqu'elle revint dans le séjour et qu'il entendit claquer ses chaussures sur la moquette.

— Je suis prête, annonça-t-elle d'une voix plaintive.

Il pivota lentement. Elle avait mis son tailleur bleu marine, son chemisier de dentelle, et les mocassins qu'elle s'était achetés. Elle s'était fait une mise en plis avec les rouleaux que sa mère lui avait fournis et qu'il avait tant appréciés au Touquet. Elle avait également accroché à ses lobes, les boucles d'oreilles de Feustein.

— Est-ce que je te plais ? lui demanda-t-elle sourdement.

Son accès d'énergie avait reflué et était remplacé par un désespoir poignant. Il la contemplait, fasciné, perdu. Elle avait rompu les barrières, pulvérisé le tabou.

— Pourquoi as-tu fait cela ?

— Fais-moi l'amour, jeta-t-elle, agressive, en détournant la tête.

L'angoisse de l'inconnu le cloua sur place. Ses fantasmes prenaient corps, générant une immense frayeur. Ils restèrent quelques minutes, figés sans rien dire. Il la regardait, hébété.

— Pardonne-moi, hoqueta-t-elle. Je suis folle !

— Non, hurla-t-il.

En un bond, il fut sur elle et la prit dans ses bras. Elle se laissa aller lorsqu'il la traîna jusqu'au canapé. Malgré son inertie, il lui fit tourner la tête et l'embrassa sur les lèvres, forçant la barrière de sa bouche Elle restait passive, paralysée. Il lui caressa le dos, les fesses, les seins jusqu'à ce qu'elle se détente entièrement et qu'elle ne fût plus qu'une poupée molle entre ses bras. Il aventura alors sa main sous sa jupe, et glissa un doigt vers son intimité, sans entrer en elle ; il resta au bord de l'antre interdit. Il s'aperçut néanmoins qu'elle mouillait ; elle poussa de petits cris étouffés et son corps fut parcouru de frissons. Que Sophie eût du plaisir le dégrisa et le glaça. Il arrêta de la caresser et se contenta, hébété, de la regarder dormir. Le temps, l'univers, cessèrent d'exister. Son érection, douloureuse, monstrueuse, agonisa, mourut, et il revient lentement dans le monde réel, un univers grimaçant et angoissant. Il ne supportait pas qu'elle eût ressenti un orgasme entre ses bras. Et il était écrasé, humilié par le souvenir du désir malsain, maudit, ignoble qu'il avait éprouvé pour sa sœur. Il essaya vainement de le faire rentrer dans la boîte d'où il venait de s'échapper, mais il était bien trop tard et il comprit qu'il ne pourrait jamais aseptiser cet épisode abject. Il finit par se détacher d'elle et la posa délicatement sur le canapé. Il prit son manteau avant de l'enfiler avec lenteur. Elle se souleva sur un coude pour le regarder intensément. L'ombre émeraude était si prégnante qu'il fut obligé de détourner la tête pour lui échapper.

— Nous avons besoin de temps, murmura-t-il. Laissons-nous une chance de nouer une relation extérieure.

Parler était absurde parce que les mots ne permettaient pas de transmettre ce qu'ils ressentaient, parce qu'ils étaient incapables de formuler explicitement leurs pensées insanes, d'échanger sur leur relation.

— Je t'aime, bredouilla-t-il quand même.

Elle lui sourit, un pauvre sourire amer, presque un rictus. Il se dirigea lentement vers la sortie. Il aurait voulu qu'elle rompe le silence, qu'elle hurle son dégoût, qu'elle l'injurie, qu'elle lui crache à la figure, mais elle se taisait obstinément. Il referma doucement la porte d'entrée derrière lui. Il erra longtemps dans la ville la trouvant encore plus sale que d'ordinaire ; lorsqu'il rentra enfin chez lui, il lui téléphona.

— Cela va ? demanda-t-il anxieux.

— Oui.

À nouveau, il ne trouva plus ses mots. Il était désemparé :

— Je te laisse. Essaie de dormir.

Après qu'elle eut raccroché, il resta, hébété, l'écouteur à la main.

Le lendemain Sophie se leva de bonne heure pour se préparer avec soin. Sa résolution était intacte et elle s'émerveilla de ne plus hésiter. Elle se sentait sereine tout en éprouvant de l'amertume lorsqu'elle pensait à Mathieu, au cadeau qu'il avait refusé. Elle descendit dans la rue, longtemps à l'avance, pour attendre Feustein. Elle se fit peur en se disant qu'il ne viendrait pas, mais il arriva à l'heure dite. Tout au long du trajet qui les mena à Bruxelles, elle se tut, l'écoutant discourir. Elle éprouvait un décalage grandissant envers la vie, mais elle s'en moquait : pour la première fois depuis qu'elle était adolescente, elle se sentait en paix avec elle-même. Alors qu'ils arrivaient dans les faubourgs de la Capitale belge, il lui demanda, en souriant :

— Je voudrais bien connaître tes pensées. Tu es si silencieuse !

— Si je te le disais, tu m'abandonnerais sur le bord de l'autoroute.

Il s'esclaffa :

— Je te donne ma parole que je ne le ferais pas. Alors vas-y ! Je suis tout ouïe.

Pour le narguer, elle lui avoua son obsession :

— J'ai peur d'avoir attrapé le sida par ta faute, car tu as éjaculé sur ma cuisse la dernière fois.

Il éclata de rire tant la remarque de Sophie lui sembla saugrenue.

— Rassure-toi ! Je ne suis pas séropositif. Je prends mes précautions, j'ai déjà fait des tests et je n'ai jamais eu de relations homosexuelles.

— Lorsque je suis en proie à mes idées fixes, rien ne me rassure.

Elle lui parla de ses autres chimères et lui raconta les multiples démarches qu'avaient dû entreprendre son frère et son mari pour la soulager.

— Vois-tu un psychiatre ?

— Bien sûr, depuis l'année dernière.

— Je connais un psychothérapeute génial à Paris. Il te guérira.

— Paris est loin !

— En train ? le samedi matin ? Il habite à deux pas de la gare du nord. Dès lundi matin, je prendrai rendez-vous pour toi.

L'ombre émeraude

Elle se mordit les lèvres. Il était trop tard. Personne ne pouvait plus rien pour elle.

Il la ramena en fin de soirée au pied de son immeuble et il se pencha vers elle pour l'enlacer. Elle se laissa faire, mais à sa grande surprise il n'essaya pas de rendre leur étreinte plus intime.

— Détends-toi, dit-il en se dégageant, j'arrête là ! Pour le sexe, j'ai d'autres filles que toi.

— Pourquoi es-tu sorti avec moi, alors ? Réponds-moi pour une fois !

Il se creusa la tête afin de trouver une réponse cohérente.

— Et toi pourquoi te faut-il toujours une raison pour expliquer mes gestes ? Tu es différente des autres : tu es attirante, belle et tu sais écouter. Tu as quelque chose d'unique que les autres filles n'ont pas.

— Tu viens d'énoncer les qualités que possèdent les chiens, lui lança-t-elle moqueuse en quittant la voiture. Prends-en un !

Elle claqua la portière et il démarra aussitôt en faisant rugir son moteur. Elle regarda sa voiture disparaître au coin de la rue, tout en lui envoyant mentalement des baisers de remerciement

Mathieu avait passé son jeudi dans un état second. Il était angoissé, déprimé, incapable de pensées cohérentes. Dans son désarroi, il bénissait les cieux d'avoir un peu de temps devant lui, car Sophie avait prévu de partir chez leurs parents sitôt son retour de Bruxelles. Il échappait ainsi provisoirement à l'abjecte tentation de l'inceste. Il se raccrochait à Martine comme à une bouée. Il espérait épuiser avec elle, le désir déviant qu'il éprouvait et créer grâce à elle un contre-feu charnel qui l'empêcherait de plonger dans les ténèbres. Sophie reviendrait samedi soir et dimanche matin, elle serait à nouveau seule, sans ses filles. Tout, même l'innommable, serait alors possible.

Il se plongea dans le travail le vendredi matin. Par lâcheté, il refusait de réfléchir. Lorsque l'heure arriva, il sortit de son bureau et marcha, l'esprit vide, vers l'adresse donnée par la commerçante. De sa maison, il ne remarqua que la porte peinte en bleu pétrole et le heurtoir doré qu'il fit aller avec violence contre le bois. L'univers lui semblait flou, cotonneux. Elle lui ouvrit la porte, drapée dans un ensemble rose. Il émanait d'elle, un parfum, âcre et prégnant.

— Il y a une sonnette, lui fit-elle remarquer, acide.

— Désolé.

— Allez ! Entre ! Ne reste pas planté dehors !

— Je peux repartir si vous regrettez de m'avoir invité.

— Ne sois pas bête, s'adoucit-elle. Entre !

Il obtempéra, maussade. Qu'elle le convoque pour avoir d'emblée des relations sexuelles, sans aucun préliminaire romantique le révolta soudain et il eut envie de s'en aller, mais elle lui prit la main et l'entraîna vers une chambre à l'étage. L'explosion charnelle qui suivit ne le rapprocha pas d'elle, bien au contraire. Il remarqua ses rides. Son corps lui sembla trop mince, trop musclé. Le masque de féminité dont il l'avait affublée se décomposa ; il la vit sous un nouvel éclairage, nymphomane, commune, vulgaire.

Il la prit deux fois, sans tendresse, avec brutalité. La voir étendue sur le dos, plongée dans son attente animale du plaisir, l'effrayait et l'affolait. Inconsciemment, il redoutait d'être englouti par ce sexe, ouvert, monstrueux, entouré de poils blonds et gluants. Il sortit mentalement de cette chambre étrangère et hostile pour penser à sa sœur, à la fille en tailleur bleu qu'il avait caressée la veille sur son canapé, à l'ombre émeraude de son regard. Il comprit qu'il était vain de fuir son destin, qu'il était ramené inexorablement vers Sophie. Alors qu'il descendait l'escalier, Martine sur ses talons, une horloge sonna quatre coups. Au moment de sortir de la maison de son hôtesse, il soupira :

— Désolé ! Je n'ai pas dû être à la hauteur !

Elle gloussa :

— J'ai connu mieux en effet, mais j'ai gagné un bon repas. J'ai fait un pari avec Feustein. Le premier d'entre nous qui couchait avec un membre de ta famille gagnait un déjeuner au grand hôtel !

Il la gifla sans lui faire mal, car sa main rencontra le col de son peignoir. Elle prit son geste pour un jeu et se mit sur les pointes de pieds pour l'embrasser.

– J'aime bien ton côté primitif. Reviens quand tu veux ! Nous essaierons de faire mieux.

Il la repoussa d'un geste sec avant de sortir sans refermer la porte extérieure derrière lui. Sitôt rentré chez lui, il appela ses parents et demanda à parler à sa sœur.

– J'ai raconté n'importe quoi à maman, que je ne trouvais pas un papier important. Tu vas me répondre lorsque je me tairai : « *Dans l'armoire derrière mes pulls* », Je suis allé chez la Duas, mais je n'ai pensé qu'à toi. Vas-y pour : « *Dans l'armoire derrière les pulls.* ».

Elle répéta docilement ce qu'il lui avait demandé.

– Je t'aime Sophie, plus qu'une sœur !

Sa phrase était ridicule, emphatique, pourtant c'étaient les seuls mots qui lui venaient à l'esprit.

– Oui, dit-elle.

– Tout s'est bien passé avec Feustein ?

– Oui.

– As-tu fait l'amour ? As-tu de nouvelles obsessions ?

Il était terrifié à l'idée que Feustein lui eut parlé du pari.

– Non.

Il regretta d'avoir posé deux questions en même temps, car il ne savait pas à laquelle s'adressait le « *non* ».

– Dimanche matin nous serons seuls, nous pourrons discuter ou...

Il n'osa pas ajouter : « *faire l'amour.* ». C'était implicite.

– Oui.

– Je te quitte. Je ne veux pas donner de soupçons à maman ! À dimanche !

Ce n'était qu'un prétexte pour la fuir. Jamais sa mère n'aurait imaginé ce qui se passait entre ses enfants.

– À dimanche, confirma-t-elle.

L'ombre émeraude

Il prit ces mots répétés mécaniquement pour une promesse.

Le reste de la soirée, il oscilla entre colère et résignation tout en sentant grandir en lui une excitation impure. Son histoire avec Sophie irait jusqu'à son terme physique, et s'il l'acceptait parfois, de temps à autre la rage l'envahissait : d'être obligé de se tourner vers sa sœur, d'être incapable de construire une relation avec une fille, qu'à vingt-huit ans, la seule femme qui ait accepté de coucher avec lui, l'ait fait à la suite d'un pari, le révoltait. Il essaya d'appeler à son secours le fantasme qu'incarnait Valérie, hélas il était trop tard. Il avait franchi et refermé derrière lui l'ultime porte de l'ultime muraille et tel un fétu de paille ballotté par des flots déchaînés, il était emporté par ses envies maudites. Pour se rassurer, pour contrer la terreur, qui l'étreignait, il pensa au couple qu'il bâtirait avec Sophie et qui, peut-être, sûrement, les sauverait. Chacun serait pour l'autre le point d'appui qu'il lui manquait. Le monde extérieur les rejetait. Face à leur détresse, personne n'avait le droit de brandir le tabou de l'inceste.

Le dimanche matin, comme il ne dormait pas, il se leva de bonne heure. Il se lava avec soin utilisant pour la première fois une eau de toilette que Sophie lui avait offerte à Noël. Il traîna dans son appartement voulant la laisser dormir le plus longtemps possible. Vers onze heures, il partit, comme à regret. La pluie avait cessé et il faisait beau et froid.

Il fit un long détour pour lui acheter des fleurs, un magnifique bouquet de roses rouges. Des plaques d'angoisse dérivaient dans son esprit. Il se rappelait, amer, que le taux d'inceste de l'Oustrélie était le plus élevé de France. La région avait fini par le corrompre. Ce pays maudit souillait ses habitants et une sorte de radioactivité débilitante émanait de lui.

Il souhaita alors, de toute son âme, que Sophie eut un sursaut, qu'elle le rejetât, qu'elle eut pour deux la force qui lui manquait. Il sonna, mais elle ne vint pas lui ouvrir. Il appuya à nouveau sur le bouton sans résultat. Il se dit qu'elle était allée faire une course. Pourtant, elle ne sortait pas d'ordinaire le matin, elle paressait au lit. Inquiet, il utilisa la clef de secours qu'il conservait dans son trousseau.

Il l'appela dès qu'il fut entré, sans qu'elle ne répondît. Il la chercha dans toutes les pièces de l'appartement avant d'entrer dans sa chambre. Elle était étendue sur son lit, au-dessus des couvertures. Elle avait revêtu son tailleur bleu marine, son chemisier au jabot de dentelles et mis ses chaussures à hauts talons. À ses lobes pendaient les boucles d'oreilles de Feustein. Ses yeux étaient fixes, son visage paisible. Quand il lui prit la main, il la trouva glacée par la mort.

X

Mathieu jeta son bouquet de roses sur le sol avant de se ruer vers elle. Il la secoua violemment dans le but illusoire de la faire revenir à elle.

– Sophie, Sophie, hurla-il.

Mais elle resta inerte entre ses bras. Lorsqu'il admit l'indicible, il retourna dans le salon pour téléphoner et composa fébrilement le 15.

– Bonjour, que désirez-vous ? demanda une voix impersonnelle.

– Ma sœur s'est suicidée. Elle ne respire plus, son corps est froid. Envoyez vite une ambulance.

– À quelle adresse, monsieur ?

Il sanglotait, incapable de répondre.

– À quelle adresse, monsieur ? insista la voix.

Il donna enfin le renseignement. En retournant dans la chambre, il remarqua deux enveloppes posées sur la table de nuit. La première contenait une feuille où étaient écrits ces trois mots : « *Pardon à tous.* ». Sur l'autre, elle avait griffonné : « *Mathieu garde cette lettre pour toi.* » Il l'ouvrit fébrilement :

Mon petit frère,

Je vais te faire beaucoup de mal. J'espère que tu me le pardonneras un jour. J'espère aussi qu'avec le temps, tu comprendras, comme les autres, que c'était la meilleure solution.

J'adore Hélène et Marie, mais je n'ai plus rien à leur offrir. Je suis devenue une larve qui n'arrive pas à sortir de son lit. Elles ont besoin d'une maman, pas d'un fantôme incapable de leur prodiguer la moindre tendresse.

L'ombre émeraude

Malheureusement, elles vont me pleurer, mais ma mort libérera Bruno. Il trouvera le courage de reconstruire sa vie et celle de ses filles. Bruno a mûri. Il ne commettra pas deux fois la même erreur. Il saura choisir cette fois-ci une compagne au grand cœur, qui prendra sous son aile nos enfants et qui deviendra leur véritable mère.

Je te confie mes ultimes volontés même si je sais très bien que vous ne les respecterez pas. Je souhaite que vous m'incinériez et que vous dispersiez mes cendres dans la rivière qui traverse Saint-Pierre, dans ce cours d'eau sale, jonché de détritus, que tu traites à juste titre d'égout à ciel ouvert. Ah s'il ne pouvait rien rester de moi, même pas des souvenirs ! Je refuse que vous entreteniez un culte funéraire autour de moi. N'accrochez surtout pas ma photo aux murs des chambres de mes enfants. Je refuse que vous les emmeniez visiter rituellement ma tombe au cimetière. Il faut qu'elles m'oublient. Elles sont petites. Tout ce qu'elles se rappelleront de moi viendra de vous. Aussi, ne leur parlez plus jamais de leur indigne génitrice. J'étais une erreur qui n'aurait jamais dû naître. Puissent mes filles, un jour, me pardonner de leur avoir, par mégarde, donné la vie, alors que j'étais incapable d'assumer la mienne.

Maman me préférera morte. Je ne la choquerai plus, comme je l'ai fait, ma vie durant. Elle gémira sur la peine que je lui inflige, se fera plaindre par ses amies, mais dans le tréfonds de son âme, elle sera satisfaite.

Papa et toi, vous, vous m'aimiez. Je suis désolée de vous faire de la peine. Je n'étais douée que dans l'art de faire souffrir les autres.

Mathieu, mon petit frère, je n'ai pas réussi à t'offrir ce que tu attendais. J'ai essayé pourtant. Tu l'as vu. Ma mort va te libérer des filets où, par ma faute, tu t'es empêtré.

Ta sœur qui a échoué sur tous les plans,
Sosso.

Il resta longtemps, hébété, la lettre à la main. Curieusement, il se répétait tel un disque rayé que Sophie écrivait bien, que son style avait une élégance glacée qu'elle n'avait pas, loin de là, à l'oral, mais les mots qu'il lisait, prenaient difficilement un sens. Il ne les comprenait pas, il les rejetait. Il ne sortit de sa torpeur que lorsqu'il entendit le hululement du véhicule du Samu. Il enfouit alors la lettre dans sa poche afin d'être le seul à en connaître le contenu.

On enterra Sophie, un mercredi où il pleuvait à verse, un jour lugubre à la lumière blafarde. Lorsqu'on descendit le cercueil de la jeune femme dans sa tombe, sa mère gémit :

— Sophie, que m'as-tu fait ?

Mathieu, sur qui elle s'appuyait, murmura d'une voix inaudible :

— Pourquoi fais-tu semblant de la pleurer ? Elle n'était qu'un mauvais œuf qui aurait dû partir avec l'hémorragie que tu as eue au sixième mois de ta grossesse.

Il ne sut jamais s'il avait rêvé ces mots, s'il les avait vraiment prononcés, si elle les avait entendus, si le vent qui soufflait par rafales n'avait pas étouffé le cri de sa révolte.

Feustein attendit la fin de la cérémonie et que Mathieu fut séparé de sa famille pour venir lui parler. Le regard hostile que Robili lui décrocha, le plaça sur la défensive.

— Les paroles de réconfort sont faciles et ne coûtent rien, argua-t-il d'une voix sourde. Je vais donc t'en dispenser bien que je sois meurtri par le décès de ta sœur. Elle m'avait parlé vendredi de sa dépression et après en avoir discuté avec elle j'avais pris lundi un rendez-vous, pour elle, chez un spécialiste renommé à Paris sans savoir ce qui s'était passé dimanche. Malheureusement, je n'avais pas conscience de l'intensité de sa souffrance. Si j'avais su qu'elle en était à ce point de mal être, je me serai montré encore plus attentif que je l'ai été.

— Je t'avais prévenu ; elle était fragile. Tu l'as déstabilisée en sortant avec elle. Tu aurais dû t'en abstenir.

Feustein préféra ne pas se défendre, jugeant que le moment n'était pas à la polémique et à la recherche illusoire de responsabilités.

— J'ai une nouvelle peu agréable à t'annoncer. Cahera-Bancos, le deuxième adjoint de Jolves va publier dans *la voix de l'Oustrélie,* l'hebdomadaire qu'il contrôle, un article sur le suicide de ta sœur. Son titre sera : *L'infirmière névrosée de la liste Beaulieu s'est donné la mort*. Il contiendra des insinuations inadmissibles et scandaleuses. Dominique en a eu vent par une indiscrétion. Il a aussitôt consulté ses avocats pour savoir quels étaient les possibles recours juridiques, mais il n'y en a aucun. Il a alors téléphoné à Cahera-Bancos pour le supplier de retirer l'article, en vain. Nous ne t'en avons pas parlé auparavant, car nous espérions t'épargner cette épreuve, hélas nous avons échoué. Le journal paraîtra demain.

— Saloperie ! bredouilla Mathieu, hagard.

Le monde lui sembla recouvert d'une pellicule de cendres. La politique était une déesse, impitoyable et sardonique, qui réclamait en ricanant son dû, même lors des chagrins les plus intimes.

Il se précipita vers Lafa qui, par amitié, assistait à l'enterrement et discutait, à l'abri d'un auvent, avec un membre de l'Ares. Il l'apostropha, décomposé :

— Es-tu au courant qu'un article sur le suicide de Sophie va être publié ?

Lafa prit congé de son interlocuteur et emmena Robili à l'écart pour le rassurer.

— L'affaire est réglée. Charlie, lorsque Beaulieu l'a prévenu, a posé au maire un ultimatum : si le papier paraissait, il passait avec armes et bagages dans le camp opposé. Jolves a obligé Cahera-Bancos à changer sa une.

Lafa se mordilla la lèvre inférieure et ajouta, gêné :

— S'il apprend que je t'en ai parlé, Charlie m'en voudra, car il souhaite garder son intervention secrète. Fais semblant de tout ignorer. Il n'a agi que par sympathie pour toi et n'aurait pas bougé si une autre femme de la liste Beaulieu s'était suicidée, même si l'article était encore plus scandaleux que celui qui a été jeté à la poubelle.

L'ombre émeraude

Durant cette période, où son monde vacilla, Mathieu pensa souvent à cette marque d'amitié. Elle était le seul point de réconfort sur lequel s'appuyer dans le désastre absolu qu'il vivait.

Son univers mental se rétrécit et il se replia sur lui-même ; il se posait sans cesse une question lancinante et sans réponse : pourquoi Sophie s'était-elle suicidée au bout de douze ans de dépression ? Elle avait été parfois si mal dans le passé, pourtant elle n'avait jamais attenté à ses jours si on excepte une tentative plus symbolique que réelle, lorsqu'elle avait vingt-deux ans. Qu'est-ce qui l'avait déterminée, cette fois-ci, à passer à l'acte ? Sa sortie avec Hubert ? Lui avait-il parlé de son pari avec Martine Duas ? À moins qu'elle soit tuée pour échapper à l'inceste ?

Il arrivait difficilement à évaluer son rôle tant il était effrayé par ce qu'il pourrait découvrir. Il restait sur les marges, sans pousser trop loin son analyse. Il relisait sans cesse la lettre d'adieu de sa sœur décortiquant chaque mot afin d'en déterminer le sens qu'elle voulait leur donner. Sa recherche était biaisée ; il cherchait surtout à se dédouaner.

Dans ses pires moments, d'insoutenables questions parvenaient néanmoins à franchir les épaisses murailles qu'il avait dressées pour se protéger : *Je n'ai pas réussi à t'offrir ce que tu attendais* le mettait terriblement mal à l'aise. Regrettait-elle qu'ils n'aient pas fait l'amour le soir où elle s'était offerte ? S'était-elle suicidée pour fuir l'intolérable ? Avait-il été trop loin lorsque son doigt s'était égaré sous sa jupe, lorsqu'il avait découvert qu'elle mouillait ? Qu'il mette à nu ce signe physique tangible du désir immoral de Sophie, qu'il lui montre par l'entremise de son érection monstrueuse qu'il partageait le même sentiment déviant, l'avaient-elle traumatisée au point qu'elle choisisse la mort ? Il essayait de se rassurer en décortiquant son ultime message, en se répétant que si elle s'était suicidée pour contrer l'indicible tentation elle aurait tourné autrement sa lettre.

Pourtant, malgré ses efforts, le doute persistait dans la zone grise de sa conscience.

Ces moments où il s'impliquait devinrent rares et s'espacèrent. Il finit par occulter totalement son rôle et désigna, au fil des jours, Feustein comme unique coupable. Pour retrouver un semblant d'équilibre, pour pouvoir encore vivre, pour échapper à la folie qui le rongeait, il le diabolisa et le transforma en bouc émissaire. Il ne resta comme ultime scorie de son dérapage, que la sensation entêtante, tout à la fois enivrante et glaçante, de son doigt frôlant l'antre mouillé et interdit de sa sœur.

Il démissionna de l'Ares qu'il était incapable, à présent, de diriger. Déjà, avant le drame, il ne reconnaissait pas son enfant. L'empreinte idéaliste et généreuse qu'il avait, au début, imprimée à l'association n'était plus qu'un masque qui cachait mal l'appétit de ses membres. Mathieu trouva symbolique d'être remplacé par l'avocat douteux qui s'était rallié à la bannière de Beaulieu. La croisade de Dominique s'engluait dans la fange et la nuit l'emportait sur le jour.

XI

Malgré son deuil, Mathieu accepta, devant l'insistance de son chef de service, de venir au pot de Noël de la DDE. Échanger des banalités avec ses collègues qu'il connaissait à peine était au-dessus de ses forces aussi finit-il, par trouver refuge, son verre de mousseux à la main, dans un coin derrière une plante verte. On mit de la musique et des couples commencèrent à valser, chassant progressivement ceux qui ne dansaient pas du centre de la salle.

Alexia Alban profita de l'occasion pour se rapprocher de lui. Elle était dessinatrice, chargée de dresser les plans des réseaux pour les ingénieurs. Grande, sèche, affublée de grosses lunettes à monture d'écaille, elle était invariablement vêtue d'un jean et d'un chandail, quelle que fût la saison. Au bout de quelques minutes de regards en coin, elle engagea la conversation :

— M. Robili, pourquoi avez-vous quitté l'Ares ? Vos yeux se sont-ils enfin ouverts sur les turpitudes de Beaulieu ?

Surpris d'être interpellé sur ce point, Mathieu dévisagea longuement son interlocutrice avant de bafouiller :

— J'ai démissionné à cause de mon drame familial.

— J'étais désolée qu'un type aussi bien que vous fricote avec cette canaille de Beaulieu.

Il rougit, gêné :

— Je vous remercie d'avoir une si bonne opinion de moi.

— Votre intégrité est célèbre dans notre administration.

Il se demanda si elle était sincère ou si elle moquait de lui. Embarrassé, il bredouilla :

— Vous intéressez-vous à la politique ?

— Énormément ! Je suis membre du parti socialiste. Rédigiez-vous vous-même les éditoriaux du bulletin de l'Ares ?

— Oui ! Vous ont-ils déplu ?

— Ils étaient déplacés chez un exploiteur. S'apitoyer sur le sort des smicards et des chômeurs est une farce éhontée lorsqu'on est un milliardaire bourré de fric comme Beaulieu.

Malgré sa tristesse, il sourit devant sa fougue et lui rétorqua, railleur :

— Apparemment vous croyez aux damnés de la terre et à la lutte des classes. La réalité n'est peut-être pas aussi tranchée que vous ne le croyez.

— Puisque les conditions de vie des défavorisés vous préoccupent tant, répliqua-t-elle en lui rendant son ironie, votez socialiste aux prochaines élections !

— Votre parti se trouvera peut-être un bon candidat pour le mener au combat, mais Beaulieu est un ange comparé à votre alliée communiste !

— Nous désignerons notre tête de liste, à la rentrée de janvier ; je suis sûre que Henri Dalles sera choisi. Il est super.

— Quelles que soient ses qualités, il ne sera que le second de Brigitte Delhaye et donc pour finir vous soutiendrez une femme encore moins recommandable que mon ancien mentor.

— Si les communistes nous refusent la première place sur une liste commune de gauche, nous irons au combat seuls. Nous passerons devant eux au premier tour et gagnerons, en fusionnant avec eux tant votre ancien copain Beaulieu nous facilite les choses en démolissant Jolves.

Valérie Valnoet les regardait discuter, consternée. La jeune standardiste savait qu'elle plaisait à Mathieu : il la dévorait des yeux chaque fois qu'il passait devant son local. Elle lui dédiait en retour des sourires engageants pour l'encourager à l'aborder, en vain jusqu'à présent. Qu'une autre ait réussi à engager le dialogue avec son fantomatique prétendant la mit en rage. Furieuse, elle prit à témoin sa collègue Stéphanie :

– L'Alban ne va pas lui mettre le grappin dessus ! Elle est habillée comme l'as de pique et moche, comme il n'est pas permis.

L'alcool qu'elle avait ingurgité avait noyé ses inhibitions et l'avait rendue quelque peu méchante, ce qu'elle n'était pas d'ordinaire ; elle se décida brusquement à agir.

– J'y vais ! Si je ne lui rentre dedans pas aujourd'hui où tout est permis, je ne le ferai jamais.

Elle posa son verre et se dirigea vers Mathieu. Elle slaloma entre les couples qui valsaient et refusa une invitation d'un collègue marié, car seul l'ingénieur l'intéressait. Elle l'interpella alors qu'il était en grande conversation avec Alexia

– M. Robili, je vous invite à danser.

Il tourna la tête et pâlit en la reconnaissant. Que sa chimère prenne brusquement de sa consistance le perturba.

– Je n'ai jamais appris, mademoiselle.

– Aucune importance. Vous aurez ainsi l'occasion d'essayer.

Elle s'empara de sa main et la plaça sur son épaule. Tétanisé, il se laissa faire. Elle eut la sagesse de le faire évoluer sur les marges de la piste improvisée, là où ils ne gênaient personne. Il se sentait ridicule, et avait l'impression d'être le point de mire des regards. Aussi lorsque la musique fit une pause, il se dégagea en grimaçant un sourire. Elle s'enquit en rougissant :

– L'épreuve ne vous a pas semblé trop pénible ?

– Pas du tout. Veuillez m'excuser : je dois rentrer chez moi. Merci d'avoir été ma cavalière.

Elle joua alors son va-tout.

– Attendez, je vous prie ! Je vais vous donner mes coordonnées.

Elle se précipita vers son sac qu'elle avait posé sur une chaise. Elle en sortit une carte sur laquelle elle inscrivit à toute vitesse son nom et le numéro de téléphone de ses parents. Il accepta de prendre le bristol, le mit dans sa poche avant de s'enfuir en bredouillant des mots inaudibles. Maussade, elle alla retrouver Stéphanie.

— Tu as progressé, puisqu'il t'a demandé comment te joindre.

— Tu parles. C'est moi qui aie pris l'initiative de lui glisser mon carton en espérant qu'il m'appelle.

— Tu en pinces tant que cela pour lui ?

Elle haussa les épaules avant de lancer une boutade.

— Il a toutes les qualités : il est ingénieur. Je plaisante bien sûr.

Les paroles que sa mère serinait tournaient dans sa tête : « *Ma fille essaie de faire un bon mariage. Tirer le diable par la queue toute sa vie n'est pas agréable.* » Le prosaïsme de la remarque maternelle l'agaçait prodigieusement ; néanmoins cette maxime cynique l'imprégnait malgré elle et déformait quelque peu sa vision des hommes.

Après cette soirée de Noël, chaque fois que Mathieu croisait Alexia Alban dans les couloirs de la DDE, il échangeait avec elle quelques mots. Alexia militait activement afin que Dalles fût choisi par le parti socialiste.

— Il est super, répétait-elle invariablement à chacune de leurs rencontres.

Un matin, elle lui annonça enthousiaste :

— Nous votons ce soir. C'est dans la poche pour Dalles. Le seul qui pouvait le gêner, un vieux dinosaure fossilisé s'est retiré. Dalles n'a plus qu'un seul concurrent, un type gris et terne qui aura bien de la chance s'il obtient une voix en dehors de la sienne. Dalles sera notre prochain maire.

Le lendemain, elle entra, décomposée, dans son bureau. Il fut surpris, car jusqu'à présent ils ne se parlaient que lorsqu'ils se croisaient dans les couloirs au hasard de leurs déplacements.

— Dalles a été blackboulé. Il y a eu un putsch dans le parti.

— C'est-à-dire ?

— Roiquet, le type dont je vous ai parlé hier, a gagné.

– Alors, il n'était pas si gris et terne que vous le prétendiez. Il a réussi à trouver des partisans.

– Attendez : il a truandé pour être désigné. Il est arrivé avec une trentaine de jeunes que nous n'avions jamais vus à nos réunions et qui avaient réglé leurs adhésions directement à Paris. C'est vraiment bizarre. Du coup, Roiquet a obtenu dix voix de majorité. Saleté de magouilles ! Pourquoi ceux qui sont les aptes à gouverner sont-ils incapables de s'imposer dans leur propre camp ? Regardez le parti communiste ou la droite, c'est pareil. Ils ont désigné des pourris ou des nullités pour les représenter.

Il soupira :

– Saint-Pierre est une exception, en France. Enfin, je l'espère.

Il pensait au *Pays des Crétins* qui salissait tout ce qu'il touchait. Il avait sans doute les dirigeants politiques qu'il méritait.

Valérie, qui vivait encore chez ses parents, avait fait la leçon à son père :

– Si un monsieur me demande au téléphone, efforce-toi d'être poli. Demande : « *De la part de qui* ». Si je suis absente, note son numéro et propose-lui que je le rappelle dès mon retour.

Sa mère avait surenchéri :

– Ne crie pas dans le combiné, ton : « *Quoi qu'est- ce que c'est* ! ». Ne fais pas honte à la petite.

L'appel tant espéré ne venait pas. Le ballet des regards n'avait pourtant pas cessé. Il continuait à la regarder chaque fois qu'il passait devant son local et depuis qu'il avait dansé avec elle, il la saluait franchement de la tête en lui dédiant l'amorce d'un sourire. Elle se demandait ce qu'elle devait faire pour briser la glace. Elle enrageait d'être rivée par ses écouteurs à son cagibi, de ne pouvoir sortir dans le couloir et de lui parler comme le faisait l'Alban. Elle détestait son métier, se voyait avec horreur condamnée sa vie entière à répéter : « *Attendez, monsieur, je vais voir s'il est là.* » « *Il est en communication, restez-vous en ligne ou préférez-vous rappeler ?* ». Sa vie était réglée par une routine désespérante, étouffante ; elle tournait autour de son cagibi, de l'appartement de ses parents, de rares séances de cinéma avec Stéphanie, de la lecture de magazines féminins, des programmes de la télé ingurgités jusqu'à l'indigestion. L'envie d'aller dans des boîtes de nuit la taraudait, mais sa mère l'en dissuadait.

— Une fille convenable ne traîne pas dans des dancings douteux. Aucun homme bien ne voudra d'une femme qui a fréquenté des lieux mal famés, affirmait-elle péremptoire lorsque Valérie lui faisait part de son désir de sortir.

La jeune femme était incapable de braver l'interdiction maternelle. Bien qu'on fût en 1983, elle estimait qu'une fille de vingt et un ans devait se conformer aux décisions de sa génitrice même si celles-ci étaient rétrogrades. Mathieu symbolisait l'unique porte de sortie qu'elle entrevoyait. D'une certaine façon, elle lui en voulait de l'avoir regardée en premier. Pour sa part, elle n'aurait jamais visé si haut. Pourquoi n'allait-il pas plus loin ? Pensait-il que sa situation était trop modeste pour lui ? Pourquoi alors lui avait-il donné tant d'espoir ?

Elle se fixa une date limite, elle décida que si le 15 février il ne l'avait toujours pas appelée, elle détournerait la tête lorsqu'il passerait devant son réduit afin de lui signifier son mécontentement. Mais elle retira son ultimatum secret le moment venu. Elle était incapable de renoncer aux bouffées d'oxygène que représentaient ces échanges de sourires tout timides qu'ils fussent. Elle entreprit un soir de rédiger une lettre, en cachette de ses parents. « *Cher monsieur Robili* » commença-t-elle avant de caler. Les mots ne venaient pas, l'inspiration la fuyait et elle chiffonna la feuille.

Elle apprit par une indiscrétion qu'il habitait dans un immeuble proche de la gare. Elle entreprit de rôder autour de son domicile. Une fois, elle le croisa alors qu'il sortait de chez lui. Il la salua d'un bref signe de tête avant de s'éloigner sans lui parler. Sa mère, lorsqu'elle l'informa de sa tentative, la disputa :

— Tu es folle de le traquer ainsi. Les hommes détestent être bousculés. Déjà que tes idées saugrenues de l'inviter à danser et de lui donner ton numéro ont dû l'effrayer.

Valérie finit par souhaiter qu'il ne la regardât plus, lorsqu'il passait devant son cagibi, qu'il la délivrât de ce supplice de tantale, mais une fois par jour, en moyenne, comme s'il le faisait exprès, il empruntait le couloir qui desservait le minuscule local où elle officiait et il tournait la tête pour lui sourire.

Un mardi soir du mois de mars, alors qu'elle rentrait chez elle, elle entendit en ouvrant la porte, la voix de son père :

– Quoi qu'est-ce que ! ... Non…Ma fille n'est pas là.

Furieuse, elle courut lui arracher le combiné des mains.

– Valérie Valnoet à l'appareil, haleta-t-elle.

– Mathieu Robili se présenta son interlocuteur. Je me demandais si vous vouliez, enfin si vous étiez libre samedi soir.

Elle ne l'était pas, car elle devait dîner chez sa grand-mère, mais elle n'hésita pas :

– Oui.

– Puis-je vous inviter au restaurant et au cinéma ?

– Oui.

Ayant subitement peur de ne pas avoir vraiment répondu à sa question, elle précisa :

– J'accepte avec joie.

– À samedi, ajouta-t-il, avant de raccrocher.

Lorsqu'elle entendit le signal indiquant que la communication était coupée, elle prit conscience que dans sa précipitation, il ne lui avait donné ni l'heure ni le lieu du rendez-vous.

Ce coup de téléphone mit la famille Valnoet en effervescence. Toute la semaine, Valérie et sa mère se livrèrent à des préparatifs désordonnés et frénétiques. Elles firent la tournée des magasins afin de choisir pour la jeune fille une tenue complète, chaussures et sac à main compris. Elles eurent beaucoup de mal à se décider, tant elles ne voulaient pas faire d'erreur de goût. La coiffure donna lieu également à d'interminables débats et elles passèrent leurs soirées à feuilleter des magazines féminins. Pendant les quelques jours qui la séparèrent de son rendez-vous, Valérie dormit mal au désespoir de sa mère.

— Ton teint est affreux, grisâtre et aucun maquillage ne le cachera, lui serina-t-elle chaque matin au réveil.

Pour ajouter au stress de la jeune fille, Mathieu évita soigneusement de passer devant son local tout le reste de la semaine et ne rappela pas pour préciser l'heure et le lieu. Elle se résigna à lui écrire un mot qu'elle glissa dans son casier à la DDE.

Je vous attends chez moi, samedi vers sept heures au 2 rue Mac-Mahon, non loin de la gare.

Valérie

PS Si l'heure ou le lieu de rencontre ne vous convenaient pas, rappelez-moi.

Elle avait écrit personnel sur l'enveloppe pour dissuader la secrétaire de l'ingénieur d'ouvrir son courrier. Elle redoutait qu'elle ne se montre indiscrète, que ses collègues apprennent la nouvelle. Elle craignait également que Mathieu ne s'offusquât du procédé ou de la façon dont elle avait tourné ses phrases. Pourtant, elle avait fait plusieurs essais avant de coucher les mots choisis sur un bristol et elle les avait relus dix fois pour être sûre de n'avoir fait aucune faute d'orthographe. Sa mère avait insisté pour qu'il passe la prendre chez eux en affirmant que dans les familles convenables, les parents rencontraient le jeune homme qui sortait avec leur fille. Valérie d'ordinaire si réceptive aux idées surannées de sa mère avait tiqué devant ce principe infantilisant, sans oser cependant se rebeller. Elle aurait préféré retrouver Mathieu dans la galerie marchande ou devant la gare. Elle avait honte de lui montrer l'appartement vieillot où elle vivait tout en appréhendant une gaffe de son père.

Les ultimes arbitrages ne furent rendus que le samedi matin. Mme Valnoet se résigna à ne pas accompagner sa fille chez le coiffeur. Elle resta de permanence devant le téléphone, prête à noter scrupuleusement les paroles de Mathieu, s'il appelait. Elles ne voulaient pas confier cette tâche au père qu'elles trouvaient trop fruste. Valérie alla donc seule chez le figaro le plus chic de la ville, emmenant dans son sac le modèle soigneusement choisi dans un magazine de mode. Sa mère l'avait circonvenue : elle devait exiger qu'on lui fasse exactement la même coupe de cheveux et n'accepter aucune autre suggestion. Malheureusement, l'employée débordée qui s'occupa de la jeune fille ne jeta qu'un coup d'œil distrait à la photo. Madame Valnoet se lamenta lorsque Valérie revint chez elle :

— Oh non ! Tu t'es laissé faire ! J'aurais dû aller avec toi. Je les aurais obligées à respecter nos volontés.

Vers cinq heures, la mère sortit pour acheter un nouveau sac à main. Le brun de celui qu'elles avaient pris la veille lui semblait, trop foncé, et n'allait pas, selon elle, avec les chaussures. Vers six heures, les habits des parents occupèrent le centre des débats. Devaient-ils garder leurs vêtements de tous les jours ou s'endimancher ? Après beaucoup d'hésitation, on décida que le père passerait une cravate et que la mère changerait de robe. Lorsque Valérie fut enfin prête, sa maman lui glissa à l'oreille.

— Ma chérie, tu as une chance qui ne se reproduira pas de sitôt. Ne la gâche pas ! Moi, je n'ai jamais eu une telle occasion.

De la main, elle désigna le père tassé dans son fauteuil. La jeune fille était terrifiée, écrasée par le poids de l'enjeu. Heureusement, Mathieu vint bien avant sept heures et la délivra des affres de l'attente, alors qu'elle commençait à se demander si elle n'avait pas rêvé son coup de téléphone. Il se montra timide, gauche, emprunté et elle l'entraîna vite hors de chez elle.

Mathieu fut ému par le regard tendre que Mme Valnoet et sa fille échangèrent lorsqu'ils quittèrent l'appartement. Il n'aimait pas sa mère et celle-ci ne lui montrait aucun signe d'affection.

Lorsque Valérie revint un peu avant minuit, sa maman l'attendait dans le salon en regardant la télévision.

— Alors, lui demanda-t-elle, anxieuse.

— Nous sommes allés dîner au grand hôtel avant de nous rendre au cinéma pour voir une comédie avec Éddie Murphy. Il m'a laissé choisir le film.

— Tout s'est bien passé ?

— Oui.

Elle ne se sentit pas le courage d'avouer à sa mère qu'ils n'avaient guère discuté, n'arrivant pas à trouver un sujet de conversation qui tienne plus de quelques minutes.

— Il a essayé de t'embrasser sur la bouche ?

— Non. Il m'a juste fait une bise sur la joue pour me dire au revoir.

Madame Valnoet devina que sa fille avait été déçue par sa soirée et demanda, découragée :

— Tu n'es pas contente de ta sortie, n'est-ce pas ?

— Si, si, mentit-elle. Et il m'a donné un autre rendez-vous, samedi après-midi à l'auditorium, une réunion politique. Tous les candidats à la mairie vont passer une sorte d'examen devant des journalistes.

Elle l'avait trouvé ennuyeux, mais elle n'osait pas l'avouer à sa mère. Elle l'aurait sermonnée à ne plus finir, lui aurait prouvé qu'il ne fallait pas s'arrêter à ce détail tout en lui trouvant mille excuses. Peut-être en avait-il après tout ? Son deuil était si récent.

« *Accroche-toi, Valérie, s'encouragea-t-elle dans son lit avant de s'endormir, tu tiens le bon bout.* »

XII

— Tu sais, maman, confia Valérie, le dimanche matin à Mme Valnoet. Mathieu est quand même spécial. Il n'y a que lui pour emmener une fille à un meeting électoral.

— Je ne le vois pas sous cet angle, ma chérie. Les hommes qui aiment le foot emmènent souvent leurs copines au stade, non ? Lui, il s'intéresse à la politique. Il veut te faire participer à ce qu'il tient à cœur. C'est donc bon signe : tu lui plais. En outre, il connaît beaucoup de monde haut placé. Il te présentera sûrement à des personnes importantes. Pour moi il officialisera votre relation et on te verra comme sa petite amie.

Le ton employé par sa mère était si définitif que Valérie garda ses doutes pour elle tout le reste de la semaine.

Le samedi, Mathieu passa la prendre de bonne heure, mais en chemin, il se rappela qu'il avait oublié un livre qu'il devait rendre et ils passèrent en vitesse chez lui. Arrivé dans son studio, il s'empara d'un cadre posé, à côté de l'ouvrage qu'il était venu chercher et le tendit à Valérie

— Voilà la photo de ma sœur. Vous lui ressemblez un peu.

Elle constata en effet qu'elles possédaient quelques traits en commun : la forme allongée des yeux, le même sourire. Mal à l'aise, elle le soupçonna d'avoir à dessein oublié l'ouvrage afin de lui montrer le cliché. Elle n'aima ni la remarque de Mathieu ni les implications qu'elle induisait.

Le livre était pour Lafa. Ils le rencontrèrent, flanqué de Botellot dans le hall de la salle où allait se tenir la réunion.

— Alors que donnent les derniers sondages ? demanda-t-il.

— Nous sommes à 40%, annonça fièrement Bottelot. Beaulieu se traîne à 28 %. La gauche est écrasée ! Les jeux sont faits !

— Sauf si le débat d'aujourd'hui modifie la donne.

— Attends ! Il n'est pas télévisé. Peu de personnes viendront le voir. Et Jolves n'est pas aussi nul que tu le penses. Il saura se défendre face à ce beau parleur.

— Ne dis plus de mal de Beaulieu. Il vient vers nous, chuchota Mathieu.

Dominique serra la main de Mathieu avec effusion.

— Comment vas-tu ? s'inquiéta-t-il.

— Disons que je survis, avoua-t-il.

Beaulieu hocha la tête, compatissant, et se tourna vers Botellot après avoir salué Valérie et Lafa.

— Je vous renouvelle mes excuses pour votre mur.

— Quel mur ? s'étonna Mathieu.

— Un excité, surnommé, on ne sait pourquoi *le professeur* a tambouriné, il y a deux jours, à ma porte, en hurlant des insultes. Comme je n'ouvrais pas, il a frappé sur le mur de mon garage avec une pelle et collé des affiches de notre ami. J'apprécie votre appel, monsieur Beaulieu. Je vous remercie de vous excuser pour le zèle intempestif d'un de votre supporter alors que vous n'y êtes pour rien !

— Envoyez-moi la facture de remise en état ! Je vous la rembourserai intégralement.

Lorsque Beaulieu se fut éloigné, Botellot donna libre cours à sa rancœur :

— Il est temps que cette campagne s'arrête. Ce Zoulou a importé chez nous des mœurs de voyous. Il entretient une cohorte de sauvages prêts à tout. À mon avis, on m'a envoyé délibérément ce soi-disant *professeur* pour m'intimider.

Robili aperçut soudain Alexia Alban traverser le hall et la héla. Elle s'approcha, embarrassée. Valérie, mécontente de l'arrivée de celle qu'elle prenait pour une rivale, se serra contre Mathieu en signe de possession.

– Charlie, confirme à Mlle Alban, qui est membre du P.S, que j'ai suggéré, lors d'une de nos réunions, que nos deux mouvements forment une liste commune aux municipales. Elle était sceptique lorsque je lui en ai parlé.

Botellot acquiesça en riant :

– Il l'a proposé en effet, mais personne ne l'a suivi. Nos partis ont des philosophies trop différentes pour envisager un rapprochement.

– Nous avions un terrain d'entente, l'honnêteté.

Il faisait allusion à un scandale révélé par Botellot, sous le sceau du secret : deux mois auparavant, on avait cassé une partie des pavés de pierre, installés à grands frais en 1980 sur la grande place afin d'ériger une inutile fontaine de marbre. Les entrepreneurs avaient reversé trente pour cent du prix de cette excentricité aux partis de la majorité municipale. Charlie prétendait que son mouvement avait été le seul à refuser l'argent sale. L'adjoint aux sports devina où voulait en venir Robili et, pour couper court à toute polémique dangereuse devant une oreille ennemie, il annonça :

– Désolé de vous laisser, je dois gagner l'estrade.

Le débat ne passionnait pas les Saint-Pierrais et la salle était aux trois quarts vide. Ils trouvèrent facilement quatre chaises libres et Mathieu s'installa entre Valérie et Alexia. Sur l'estrade, les cinq candidats étaient assis en cercle. Le sort avait décidé de leurs places afin de satisfaire aux exigences de Beaulieu qui considérait comme dépassé le clivage droite gauche.

Le cinquième candidat était un homme moustachu qui avait constitué une liste intitulée « *nettoyage* ». Elle n'avait pour seul programme que de taper à bras raccourcis sur le maire sortant. Ses partisans collaient partout où ils le pouvaient deux autocollants « *Jolves, c'est uniquement les vins d'honneur.* », « *Nettoyons la ville de Jolves* ». Lorsque Mathieu avait soigneusement étudié les noms des divers candidats, il avait trouvé une sœur sur la liste « *nettoyage* » et un frère sur celle socialiste de Roiquet. Leur père exploitait la dernière salle de cinéma de la ville et était membre de l'Ares.

Le débat confirma ses soupçons. Le moustachu qui dirigeait « *nettoyage* » n'était pas là pour argumenter. Quel que soit le problème abordé, il répétait son slogan : « *Changeons de maire !* » sans rien proposer de concret. Mathieu le soupçonnait de n'être qu'un sous-marin de Beaulieu, son but étant de démolir systématiquement la municipalité sortante évitant à Dominique de formuler des critiques trop agressives. Le candidat socialiste ne se montra pas non plus à la hauteur : il bafouilla à de nombreuses reprises et se perdit dans des développements incompréhensibles, tout en usant d'un ton mécanique et uniforme. Mathieu ne put s'empêcher de confier à Alexia :

— Que Roiquet soit une créature de Beaulieu ne m'étonnerait pas. Il fait une non-campagne. Il décourage, comme à dessein les gens de voter pour lui ; en outre sa prise de pouvoir interpelle.

— Quand même n'exagérez pas ! rétorqua Alexia en serrant les dents.

Tout au long de l'après-midi, Mathieu ne cessa d'échanger ses impressions avec Alexia en mettant de côté Valérie. Lorsqu'il raccompagna cette dernière chez elle, il remarqua sa mine morose, et balbutia, gêné :

— Vous avez dû vous ennuyer.

— Un peu, avoua-t-elle.

— La semaine prochaine, je vous emmènerai comme la dernière fois au cinéma et au restaurant.

Elle faillit lui crier d'arrêter la farce, qu'ils n'avaient rien de commun, mais elle se contint et ne répondit rien. Son silence passa pour de l'acceptation.

– Je vous prendrais à sept heures ? lui lança-t-il en l'embrassant sur la joue pour prendre congé.

Elle hocha la tête, résignée.

Elle courut s'enfermer dans sa chambre se sentant incapable d'affronter sa mère. Au bout d'une heure, madame Valnoet s'autorisa timidement à entrer. Sa fille tenait une cigarette à la main, étendue sur son lit. Elle ne fumait qu'exceptionnellement lorsqu'elle était nerveuse, pour se calmer.

– Il est bizarre, maman, vraiment bizarre !

– Rien ne t'oblige à aller plus loin, ma chérie !

– Je sais bien.

Le soir, avant de se coucher, elle rédigea une lettre.

> *Mathieu,*
>
> *Je vais sans doute vous faire de la peine, mais je crois qu'il vaut mieux que nous ne sortions plus ensemble. Vous êtes gentil et prévenant, cependant mes sentiments pour vous n'atteindront jamais le niveau que vous espérez. Je suis navrée de vous décevoir, mais il est préférable de cesser de nous voir avant que vous ne nourrissiez trop d'illusions.*
>
> *Valérie,*

Elle rangea la lettre dans ses papiers, se demandant si elle oserait l'envoyer.

Le samedi suivant, la lettre n'avait pas bougé de son tiroir, mais elle n'espérait plus rien de lui. Son coup de sonnette la surprit alors qu'elle commençait seulement à se changer

– Déjà, soupira-t-elle.

Elle n'avait aucune envie de sortir, mais jugea trop cavalier de se décommander au dernier moment. Elle s'habilla en toute hâte pendant que ses parents le faisaient patienter. Elle s'attendait à passer une soirée morne et ennuyeuse où ils s'efforceraient d'alimenter un dialogue moribond. Mais il la captiva en choisissant de lui parler de Sophie.

– À la façon dont vous en parlez, on sent que vous l'aimiez beaucoup, remarqua-t-elle émue, lorsqu'il fit une pause dans ses confidences.

– Plus que vous ne pensez. Nous étions très proches, trop proches pour un frère et une sœur.

Il la dévisageait étrangement, presque en tremblant. Elle but une gorgée de vin, avant de répondre :

– Que voulez-vous dire ?

– Nous avons franchi la limite de ce que la morale autorise. Nous ne sommes pas allés jusqu'au bout, mais il s'en est fallu de peu.

Elle secoua ses nattes, interloquée :

– Expliquez-vous, Mathieu. Vous n'êtes pas clair.

– Valérie, je suis sûr que vous m'avez compris. Je suis un monstre.

Un silence gêné s'installa entre eux. Elle le regardait, dépassée. Après un long silence, il reprit, abattu :

– Le repas fini, je vous ramènerai chez vous, sans voir le film.

– Non !

Ils terminèrent sans parler leur dîner, perdus dans leurs pensées. Lorsqu'ils sortirent, il pleuvait et elle ouvrit son parapluie.

– Venez-vous abriter près de moi, lui proposa-t-elle soucieuse.

Il obéit et elle se serra contre lui.

– Je ressemble un peu à Sophie, mais je ne suis pas son double. En êtes-vous seulement conscient ?

– Bien sûr ! Je fais la part des choses. Je ne vous prends pas pour une réincarnation de Sophie.

– Comment est-ce arrivé avec votre sœur ?

– Nous nous sommes rapprochés l'un de l'autre, insensiblement, par étapes. Nous sommes allés, sans nous apercevoir, chaque fois, un peu plus loin. Nous étions si seuls. Elle était si dépressive.

— Regrettez-vous cette dérive ?

— J'aurais des remords de ne pas avoir été jusqu'au bout si j'avais la certitude que cette transgression l'eût sauvée.

Elle se révolta :

— Bon Dieu ! Pourquoi me faites-vous ces révélations ?

Il se contenta de répéter :

— Je suis un monstre.

Ils étaient arrivés devant le cinéma et il prit les places pour le film qu'elle avait choisi, mais ni l'un ni l'autre ne suivirent l'intrigue tant ils avaient l'esprit ailleurs. Un moment, la main de Valérie effleura volontairement celle de Mathieu pourtant il retira la sienne immédiatement comme s'il s'était brûlé.

La séance terminée, il la raccompagna chez elle en silence. Elle marchait à pas lents, redoutant le moment où ils se diraient au revoir. Quand cet instant arriva, il lui demanda :

— Valérie, voulez-vous m'épouser ?

— Vous êtes fou ! rétorqua-t-elle, furieuse.

— Vous avez raison, constata-t-il tristement. Je ne vous importunerai plus jamais.

— Tout de suite les solutions extrêmes. Vous ne pouvez pas vous conduire normalement ?

Elle le planta sur le trottoir sans prendre congé. Fuyant sa mère, elle s'enferma dans sa chambre, elle déchira l'ancienne lettre de rupture. Elle en recommença une autre, mais les mots ne lui vinrent pas et elle se réfugia dans son lit.

Le dimanche en fin de matinée, un fleuriste livra deux gigantesques gerbes de roses. L'une était pour madame Valnoet, accompagnée d'une carte où Mathieu avait écrit : *« Merci d'avoir mis au monde une si délicieuse fille ».*

L'autre était pour Valérie :

J'espère que mon bouquet vous plaira. Je vous l'envoie pour vous remercier des heures merveilleuses que j'ai passées auprès de vous. Rassurez-

vous : je ne vous importunerai plus jamais. Néanmoins si vous souhaitez poursuivre notre relation, ce dont je doute fort, contactez-moi.

Je vous renouvelle, cependant, ma demande en mariage. Nous avons passé très peu de temps ensemble, pourtant nous avons plus échangé en quatre heures que beaucoup en un an. Soyez heureuse Valérie. Que la vie vous apporte tout ce que vous souhaitez, car vous le méritez : vous êtes une fille bien.

PS Si, hypothèse hautement improbable, vous souhaitiez me revoir, ma demande en mariage sera mise entre parenthèses. Le compliment le plus sincère qu'un homme puisse faire à une femme est de demander sa main.

Mme Valnoet remarqua l'air soucieux de sa fille :

— Visiblement, son bouquet ne te fait pas plaisir. Pourtant, il est superbe.

— Mathieu est complétement fou. Il me demande en mariage. Et il tourne ses phrases d'une manière ridicule au point d'être grotesque.

— Il a un coup de foudre pour toi.

— Maman ! Aucun homme normal ne propose à une fille de l'épouser alors qu'il n'est sorti que trois fois avec elle.

— Alors, romps avec lui si tu le trouves si bizarre. Ne compte pas qu'il s'arrangera un jour. Il aura toujours un grain.

Elle réfléchit en silence quelques instants en triturant ses nattes avant de s'étourdir de mots comme pour se convaincre et surmonter ses doutes.

— Tant pis je vais le suivre dans sa folie et tenter l'aventure. J'ai une occasion qui ne se reproduira sans doute pas. En outre, je le trouve touchant. Il m'émeut. Physiquement il n'est pas mal. Ce n'est pas comme s'il ne me plaisait pas. Si un jour j'en ai assez, eh bien je le laisserai tomber. Je n'ai rien à perdre, tu sais, maman. Rien.

Elle songeait à son cagibi, à ses interminables dimanches devant la télévision, à sa vie si banale qu'elle en avait la nausée. Lentement elle s'approcha du téléphone et composa, comme à regret, le numéro indiqué par la carte.

— Mathieu, je vous remercie pour vos fleurs. Elles sont magnifiques, mais il ne fallait pas vous donner cette peine. Venez prendre le café chez nous. Passez vers deux heures. Nous devons discuter.

Dans l'après-midi, elle l'entraîna faire une promenade, malgré la pluie. Comme la veille, ils se serrèrent sous le parapluie de Valérie.

— Hier, une force irrésistible m'a obligé à vous parler des liens qui m'unissaient à ma sœur, avoua-t-il piteusement. Vous m'intéressez beaucoup et je voulais que vous me voyiez sous mon vrai jour, que vous découvriez le cadavre que je cache dans mon placard.

— Stop ! Je vous interdis d'utiliser désormais ces termes de cadavre et de monstre !

— Je n'évoquerai plus jamais Sophie. Elle est morte et vous êtes vivante.

Elle haussa les épaules, agacée :

— « *Plus jamais* » est votre expression favorite, ma parole et vos phrases sont trop pompeuses.

Elle l'emmena sous l'auvent d'un magasin. Elle replia son parapluie et s'écartant légèrement, se planta face à lui. Le regardant dans les yeux, elle s'efforça de lui sourire.

— Mathieu Robili, j'accepte de devenir ta femme.

— Valérie, je ne vous ai fait cette proposition que parce que j'étais persuadé de plus jamais vous revoir et que c'était le plus beau compliment que je pouvais vous faire.

— Ta demande en mariage n'était pas sincère ?

— Oh que si ! Mais vous avez tout le temps pour vous décider ! Nous en reparlerons plus tard.

— Qu'aurions-nous de plus à attendre un an ?

Elle sentait qu'elle savait tout de lui, qu'elle avait toutes les données, que prolonger le délai de réflexion ne servirait qu'à rendre plus douloureuse l'heure du choix et à retarder la véritable épreuve : la vie en commun, qu'elle devait à tout prix se jeter à l'eau si elle voulait s'extraire un jour de son cagibi. Elle n'envisageait pas de vivre avec un homme sans l'épouser au préalable, même pour une période d'essai. C'était contraire à ses principes ou plutôt à ceux de sa mère.

Il l'entraîna sans répondre. Elle se dit, amère et déboussolée qu'ils venaient de décider de se marier, sans qu'ils n'eussent échangé un baiser sur la bouche, sans que l'un des deux n'ait prononcé le mot amour et qu'en définitive, elle était aussi folle que lui.

XIII

Mathieu avait accepté pour rendre service à Botellot de diriger un bureau de vote. Le dépouillement fini, il apporta le décompte des voix et les bordereaux d'émargement à l'hôtel de ville. Énervé, Charlie marchait de long en large dans le hall ; il ne cachait pas son inquiétude :

— C'est plus serré que je ne le pensais, apprit-il à Mathieu. Beaulieu fait des scores étonnants au centre-ville.

— Il a la haute main sur les journaux et magazines parisiens, grommela Mathieu. L'enquête de l'hebdomadaire *Vite* sur la propreté, désignant opportunément Saint-Pierre comme la ville la plus sale de France, celle où on utilisait le moins de savon, était cousue de fil blanc mais elle a porté un rude coup à Jolves.

Lafa, parti chercher des résultats, revint en courant :

— On a les chiffres de Bourgogne. Là-bas, il passe en force. Il y recueille plus de voix que les communistes et les socialistes réunis !

— Tu as une idée des totaux ?

— Barles les établit !

Ils rejoignirent un groupe qui s'agglutinait autour d'un tableau. Un homme y écrivait à mesure qu'il les calculait, des chiffres à la craie :

Beaulieu 34-37 %
Jolves 30-31 %
Delhaye 20-21 %
Roiquet 8 -9 %
Botellot s'énerva :

– Merde ! Ce fasciste d'opérette ne va quand même pas l'emporter.

Des vociférations l'approuvèrent. Un vent de révolte soufflait chez les partisans du maire sortant. Jusqu'au dépouillement, au vu des enquêtes d'opinion, ils étaient persuadés que leur victoire ne faisait aucun doute. Seul Mathieu avait émis des doutes, mais personne ne l'avait écouté et il se gardait bien de triompher.

– Les instituts de sondage étaient incapables de mesurer l'attractivité de Beaulieu, expliqua-t-il à Lafa, car son vote transcende les frontières populaires traditionnelles. Son slogan ni gauche ni droite a été diablement efficace

Tomaso semblait être le seul à garder la tête froide en ce soir de déroute.

– Tu as été plus lucide que nous, reconnut le policier. Que préconises-tu maintenant pour que nous gagnions à l'arrachée au second tour ?

– Si je le savais ! Malheureusement, les carottes me semblent bien cuites.

Dans l'attente des scores définitifs, la tension montait dans le hall. De petits groupes discutaient furieusement. Les jolvistes espéraient encore un improbable miracle qui placerait leur liste en tête et conspuaient les partisans de Beaulieu dont le nombre ne cessait d'augmenter. Mathieu avait peur qu'une bagarre ne se déclenche. Heureusement, il ne se passa rien mis à part quelques insultes et vers minuit, alors que l'exaspération était à son comble, le maire sortant arriva dans le hall pour proclamer les résultats. D'un ton saccadé, il donna le nombre de suffrages recueillis par les différentes listes : Dominique avait près de mille voix d'avance sur lui. Les socialistes ne passaient pas la barre des dix pour cent et n'avaient pas le droit de se maintenir au second tour. *Nettoyage* malgré l'énergie déployée par son chef n'avait recueilli que trois cents suffrages. Livide, le maire se retira aussitôt, suivi par ses adjoints. Mathieu saisit, hachées par le brouhaha, des brides des arguments que Botellot lui serinait inlassablement :

« Au deuxième tour…. Mobiliser… abstentionnistes… Chance. »

Lorsque Robili rentra chez lui, il croisa des hordes déchaînées de partisans du vainqueur. Des voitures avec des excités assis en équilibre sur les portières tournaient dans le centre et klaxonnaient à tout va. Des petits groupes braillaient leur joie en agitant des drapeaux aux couleurs du Racing. Beaulieu incarnait pour *le Pays des Crétins*, un espoir fou et irrationnel, celui d'échapper à cette crise sans fin, à une décennie de malheurs. Mais cette espérance aveugle terrifiait Mathieu. Que se passerait-il lorsque la ville se serait heurtée au mur de la réalité, que Dominique malgré tout son talent n'arriverait pas à briser ? La nuit de l'ingénieur fut courte, ; il fut réveillé à six heures du matin par un appel de Beaulieu.

— Désolé de te tirer du lit, Mathieu, mais j'ai besoin de toi. Interviens auprès de Botellot ! C'est le plus chaud partisan du maintien de Jolves au deuxième tour, alors qu'il n'a aucune chance. Écoute ! Il faut impérativement fusionner nos listes et en terminer avec la logique de l'affrontement. Ton ami aura une place de choix dans la nouvelle municipalité.

— Fais tes commissions toi-même.

— Il m'a raccroché au nez. Écoute Mathieu : essaie, dans son intérêt, de le faire revenir à la réalité. Toi, il t'entendra. Mais le mieux, c'est que tu le rencontres. Par téléphone, il va se dérober.

— Là je dois à tout prix passer à mon bureau. Je tenterai de le voir ce midi, cependant je ne serai que ton messager. En aucun cas, je ne plaiderai ta cause. Je lui transmettrai, sans commentaire, ton offre.

— Ok ! Fais pour le mieux !

Mathieu passa sa pause-déjeuner à courir après Charlie. Il n'était ni à son domicile ni à la mairie. Il le trouva enfin au siège du parti républicain. Botellot était exténué par une nuit sans sommeil. Il écouta le bref message de Beaulieu en s'agitant.

— Ben, voyons ! Il me fait de belles promesses et si je suis assez habile pour faire monter les enchères, on m'offrira en prime une place dans les entreprises de ton copain. Il a acheté un à un les fidèles adjoints de Jolves. Même Cahera-Bancos, l'irréductible, s'est aplati. Si on écoutait ce beau parleur de Beaulieu, on ne changerait qu'une chose à la municipalité actuelle : son maire. Je ne mange pas de ce pain-là.

— Ta fermeté m'impressionne. Je pensais que tu sauterais sur l'occasion. Les chances de Jolves sont proches de zéro.

— Dimanche prochain, des électeurs inverseront leur vote. Certains n'ont donné leur voix au premier tour à Beaulieu que pour marquer leur mécontentement, mais ils reviendront à la raison au second tour.

— Tu rêves, Charlie, le succès ira au succès ! L'écart s'amplifiera.

— Je vois que tu es de nouveau dans son camp.

— Pas du tout. Je suis simplement réaliste. Vous avez perdu. Il faut solder le passé et essayer de ménager l'avenir en négociant les conditions de votre reddition. Beaulieu est de droite, comme vous malgré ce qu'il en dit.

— Tu m'assènes des arguments à la noix, mon petit Mathieu. Je refuse de négocier quoi que ce soit. La démocratie vaut mieux que ces combines nauséabondes. Soit les électeurs choisissent Beaulieu. Soit, ils gardent Jolves, mais à l'arrivée ils ne doivent pas se retrouver avec un mélange des pires éléments de chacune des deux listes.

Mathieu sentant qu'il ne le ferait pas changer d'avis, le laissa et rentra chez lui pour téléphoner à Beaulieu afin de rendre compte de son échec.

— J'ai transmis ton message sans aucun résultat. Botellot est resté inflexible. Débrouille-toi tout seul maintenant.

— Refais une nouvelle tentative.

— Certainement pas. Cela ne servirait à rien.

Il raccrocha, coupant la parole à l'homme d'affaires qui voulait insister. L'après-midi, Mathieu croisa dans le couloir de la DDE une Alexia en furie.

— Je ne vous croyais qu'à demi, lorsque vous prétendiez que Roiquet était une créature de Beaulieu, mais vous aviez raison. Ce tordu refuse de fusionner notre liste avec celle des communistes, pour une question d'amour-propre. Delhaye ne veut pas de lui, même pas à la quarantième place, alors il boude. Et dire qu'avec la division de la droite, nous avions nos chances. Les listes de gauche réunies ont presque autant de voix que celle de Beaulieu. Hélas, malgré nos supplications, Roiquet ne veut rien entendre. Ce n'est pas possible. Je vais l'étriper

Le mercredi matin alors qu'il venait d'arriver, Alexia déboula dans son bureau.

— Êtes-vous au courant ? Jolves s'est dégonflé. Il s'est retiré au dernier moment. Quant à ce salaud de Roiquet non seulement il n'a pas fusionné notre liste avec celle des communistes, mais en plus il se refuse à appeler à voter Delhaye. Il trahira, jusqu'au bout, cette enflure.

Mathieu était décontenancé. Il essaya d'appeler Charlie sans réussir à le joindre et se rabattit sur Lafa qui l'invita à venir le soir même à une réunion de crise du parti républicain

Il arriva à l'avance pour pouvoir parler à ses amis en tête à tête. Charlie raconta à voix basse ce qui s'était passé, après avoir demandé à Mathieu de garder le secret sur ses confidences.

— Hier après-midi, confia-t-il, je n'ai pas lâché Jolves d'une semelle. Il se prétendait écœuré par l'attitude de ses adjoints et me jurait ses grands dieux qu'il se maintiendrait. Pour faire tomber la pression, il a donné le change et ouvert de pseudo-négociations par téléphone avec Beaulieu, mais vers le soir il les a abandonnées en prétextant qu'il allait dîner. Il a quitté en cachette la mairie et je l'ai accompagné à la préfecture. Le préfet nous a reçus et nous avons déposé les papiers nécessaires au maintien. Nous allions partir lorsqu'une secrétaire a annoncé qu'on demandait Jolves au téléphone. Il a pris la communication, seul, dans le bureau préfectoral. Lorsqu'il en est ressorti une vingtaine de minutes plus tard, il a déclaré qu'il retirait notre liste. Il s'est montré inflexible malgré mes supplications et n'est pas revenu sur sa décision. À peine sorti dans la rue, il m'a raconté que Beaulieu l'avait menacé par téléphone de s'en prendre à ses enfants, qu'il avait eu peur et qu'il avait craqué.

— Je ne crois pas un instant à cette histoire, protesta Mathieu. La victoire de Beaulieu était assurée. Pourquoi aurait-il risqué de tout compromettre en utilisant des procédés de gangsters ?

— Jolves prétend qu'il a été subtil, qu'il n'a pas dit crûment « *je vais enlever vos enfants si vous vous maintenez* ». Seulement, lorsqu'il a compris que la résolution de son interlocuteur était inébranlable, il a brusquement demandé : « *Vos enfants se rendent bien chaque matin à 8 h 30 à l'école du centre ?* » phrase étrangère au contexte et qui n'avait aucun sens sauf si elle correspondait à une tentative d'intimidation.

Lafa intervint :

— Jolves n'avait qu'à demander une protection policière au préfet. Le risque pour ses gosses était nul. Si sa version est juste, il n'est vraiment pas à la hauteur.

— Attends ! Il ment ! Beaulieu l'a acheté ou à l'a fait chanter ! Jolves a inventé cette histoire abracadabrante pour expliquer sa volte-face, surenchérit Mathieu.

— Il ne sert à rien de se triturer les méninges pour savoir ce qui s'est réellement passé ! grommela Charlie. Cela ne changera rien à la situation. Seul le résultat compte : ce pourri de Beaulieu sera notre prochain maire.

La liste de Dominique pulvérisa celle de Delhaye au second tour. Et Mathieu comprit pourquoi l'avocat tenait tant au retrait de son rival : les journaux parisiens publièrent des articles exaltant la victoire de l'outsider Saint-Pierrais : il avait obtenu plus de soixante-seize pour cent des voix alors qu'en France un inconnu, se lançant dans une joute électorale, dépassait rarement les dix pour cent des suffrages la première fois qu'il se présentait. Beaulieu ne voulait pas seulement gagner, il voulait, pour booster sa propagande, triompher avec panache.

Chaque fois qu'ils se croisaient à la DDE, Alexia et Mathieu discutaient de la victoire de Beaulieu. La jeune femme déplorait invariablement que la fortune de l'homme d'affaires l'eût fait gagner, irritant Mathieu qui finit par lui rétorquer, cynique :

— Que Beaulieu eut acheté cette ville n'est pas le plus préoccupant. Malheureusement, en démocratie, cette situation arrive fréquemment. Ce qui rend notre situation unique est le prix dérisoire qu'il a payé. Avec une sinécure pour Roiquet et quatre mille francs pour les cartes de ses partisans, il a neutralisé le parti socialiste. Il a donné trente mille francs au rigolo de *nettoyage* pour qu'il pilonne Jolves, distribué quelques chèques à Bourgogne et le tour a été joué. Combien cela lui est-il revenu en tout ? Cent mille francs ? Une paille pour un milliardaire ! Notre agglomération ne vaut vraiment pas cher.

Mathieu avait décidé de racheter à ses nièces l'ancien appartement de sa sœur, mobilier compris, afin d'y installer son ménage. Valérie n'avait émis aucune objection bien qu'elle redoutât la confrontation avec le fantôme de Sophie. Par timidité, elle gardait pour elle ses doutes et ses interrogations. Pourtant, elle désapprouvait nombre de ses choix, notamment son obstination à ne prévenir sa famille qu'à la dernière minute.

— Je ne leur écrirai que la semaine précédant la cérémonie, avait-il répliqué d'un air buté lorsqu'elle l'avait interrogé sur ses intentions. Je ne le ferai que parce que mon père serait désolé de manquer mon mariage. Si ma mère vivait seule, je ne l'aurais informée de nos noces qu'après t'avoir épousée.

— Que reproches-tu à ta maman ?

Cet ostracisme la perturbait. Elle n'admettait pas qu'on puisse écarter ses parents d'un moment aussi essentiel de sa vie.

— Elle a détruit ma sœur, rugit-il. Elle l'a tuée. Je veux te protéger, Valérie. Elle est capable de te persécuter et de faire subir affronts sur affronts comme elle l'a fait avec Sophie.

La jeune femme tiqua. Infliger d'emblée un camouflet à sa belle-mère l'empêcherait d'établir des relations harmonieuses avec elle ; pourtant elle n'osa pas lui faire part de ses réticences. Elle avait du mal à s'impliquer dans leur future vie commune. Elle laissait à Mathieu le soin de la construire comme il l'entendait tout en se réservant le droit de briser leur relation si un jour elle ne la supportait plus.

Un samedi matin, alors qu'ils triaient les affaires de Sophie dans leur futur appartement, on sonna à leur porte. En allant ouvrir, la jeune femme se trouva nez à nez avec Dominique.

— Bonjour, vous êtes Valérie, je crois ? Nous nous sommes rencontrés une fois lors d'un meeting. Je cherche Mathieu. Est-il là ?

— Bonjour, oui en effet ! Entrez, je vous prie. Chéri, c'est pour toi.

Elle avait usé de ce terme tendre, inhabituel dans sa bouche, pour informer leur visiteur des liens qui les unissaient. Son fiancé la rejoignit et, posant sa main sur son épaule, la serra contre lui. Elle ressentit un agréable pincement au cœur. Il était d'ordinaire peu affectueux surtout lorsqu'ils n'étaient que tous les deux.

— Je te préviens : je refuse d'être hypocrite et de féliciter le nouveau maire de Saint-Pierre, grogna Mathieu, acerbe.

Il le fit cependant entrer dans le salon et, comme le regard de Beaulieu se faisait interrogateur, il ajouta sur un ton plus amène :

— Valérie et moi allons-nous marier dans quinze jours.

— Mes félicitations. Tu es un cachottier. J'ignorais totalement tes projets matrimoniaux. Le concierge de ton studio m'a juste dit que je te trouverais dans l'ancien appartement de ta sœur.

— Ceux qui sont informés de l'imminence de nos noces se comptent sur les doigts d'une main, répliqua Mathieu acide. Que me vaut l'honneur de ta visite ? Si tu souhaitais me parler, tu pouvais tout aussi bien me téléphoner. Tu n'étais pas obligé de te déplacer.

— J'ai des propositions à te faire.

— Tu es sans conteste le vainqueur Dominique, mais tu as, comme les enfants gâtés qui refusent de perdre, triomphé en trichant, en modifiant les règles du jeu.

— Écoute, Mathieu, je n'ai pas encore gagné. Mon combat commence seulement.

— Il faut vraiment que tu sois intoxiqué par ta propre propagande pour me sortir une telle ineptie.

— Je voulais juste souligner combien j'avais besoin de toi pour remporter une victoire définitive.

— Ne compte pas sur moi. Tu as dépassé les limites.

Mathieu était furieux, il toisait son visiteur d'un air irrité. Valérie pour l'apaiser posa sa main sur son bras.

— Je vous en prie, M. Beaulieu, asseyez-vous, intervint-elle. Désirez-vous boire quelque chose ?

Dominique lui sourit avant de s'installer sur le canapé.

— Je vous remercie, mademoiselle, mais je n'ai pas soif. Tu ne changes pas, Mathieu, toujours le prêche à la bouche, s'amusa-t-il. Il n'existe personne qui ne soit plus intègre que toi. Écoute ! Je ne me justifierai pas pour le passé. Pourtant, tu sais très bien que mes adversaires ne valaient pas mieux que moi. D'accord, les méthodes qui m'ont fait élire maire te semblent méprisables, mais si tu savais quelles bassesses ont commises Mitterrand, Giscard ou Chirac avant d'accéder au premier rang de leurs partis. Tu serais dégoûté si tu les connaissais. Tu ne vois d'eux que le beau côté du miroir, le plus flatteur mais pas nécessairement le plus faux.

— Bien voyons ! Tu serais un ange comparé à tous les autres ?

— Bon ! J'arrête sur ce sujet. Il ne mène à rien, je parle à un sourd. Allons à l'essentiel. J'ai une proposition à te faire : prends la direction technique des services municipaux. Ta tâche principale sera la réhabilitation de Bourgogne. Tu es vraiment l'homme idéal. Ton intégrité est sans failles et tu te donneras à fond dans cette tâche.

— Tu me proposes d'être le paravent social qui s'occupera de la ville basse pendant que tes conseillers pilleront la ville haute ? Désolé, je ne digère pas tes méthodes. Ta première décision est scandaleuse. Comment as-tu pu créer des commissions, largement ouvertes aux anciens opposants qui vont rémunérer grassement ses membres en échange de quelques idées bateaux. C'est honteux. Je refuse de cautionner ta politique.

— Écoute ! Pour emporter le morceau, j'ai pris les partisans que j'ai trouvés. Tu as été incapable de m'en fournir de plus présentables. Mais ils n'étaient que des alliés de circonstance dont je me débarrasse comme je peux. Malgré tout, je ne perds pas de vue mes principaux objectifs. J'ai été élu grâce à Bourgogne et je compte sur toi pour renvoyer l'ascenseur à ce quartier.

— Non et non !

— Je t'en prie, reprit Dominique sur un ton plus humble. Ne condamne pas mes intentions futures au nom de ce que je fais actuellement. Ton *Pays des Crétins* a une chance historique de s'extirper du bourbier dans lequel il est plongé. Et pour cela j'ai besoin de toutes les bonnes volontés sans en excepter aucune. Ton aide m'est indispensable. Personne ne t'arrive à la cheville. Tu n'as pas le droit de nous laisser nous démener en te croisant les bras. Plonge tes mains dans le cambouis et implique-toi si tu es autre chose qu'un intellectuel ergoteur qui compte les points, sans cesser de chicaner.

— Je ne t'aiderai pas. Débrouille-toi tout seul.

— Pourquoi te défiles-tu ? J'approuverai toutes tes idées, quelles qu'elles soient. Tu auras carte blanche. Écoute, même si en reprenant les expressions outrancières que tu affectionnes tant, je pille la ville, toi de ton côté, tu pourras mettre en œuvre tout ce qui te passes par la tête pour améliorer la vie des habitants de Bourgogne. Je te mets au défi de trouver une seule bonne raison justifiant ton rejet.

Mathieu essaya de motiver son refus, mais rien de valable ne lui vint à l'esprit. Pourquoi était-il si catégorique ? Suivait-il l'exemple de Botellot qu'il avait si longtemps pris pour un opportuniste et dont la fermeté d'âme après la défaite électorale l'avait surpris ? Il se sentait en effet l'obligé de Charlie depuis son intervention, le lendemain de la mort de Sophie. À moins qu'il n'arrivât plus à dissocier Beaulieu de Feustein ? Toutes ces raisons se télescopaient dans sa tête et il ignorait laquelle était déterminante. Il resta quelques instants silencieux, ébranlé, malgré lui, par les arguments du nouveau maire ; pour finir il fit un pas en sa direction en suggérant un compromis bancal :

— Je te propose d'utiliser mes prétendues compétences par l'intermédiaire de la DDE. Signe une convention avec l'État dont je serai nommé superviseur. Si tes projets se développent et si ma présence se révèle réellement nécessaire, je rejoindrai alors les services municipaux.

— Hé ! Ce n'est pas pareil ! L'appareil d'État est bien trop lourd. Tu ne seras pas à cent pour cent dans le projet.

— À prendre ou à laisser !

Malgré l'insistance de son interlocuteur, il ne changea pas d'avis forçant Beaulieu à s'incliner.

Au moment de prendre congé, lorsque Dominique serra la main de Valérie, il lui confia mi amer mi admiratif :

— Mathieu est un homme exceptionnel ! Je ne connais personne en dehors de lui qui refuserait de tripler ses revenus pour d'obscures questions de principe !

Lorsque leur visiteur fut parti, Valérie demanda timidement :

— C'est vrai qu'il t'aurait payé autant ?

Gêné, il l'attira dans ses bras avant de l'embrasser.

— C'est un avocat ! Ses paroles sont enrobées de miel, ma chérie. N'y prête pas attention.

Elle songeait à ce qu'ils auraient pu faire avec l'argent. Elle le comprenait de moins en moins tant sa conduite paraissait irrationnelle. Cependant, dans le même temps, elle s'attachait à lui et l'admirait naïvement. Elle redoutait cependant que ces sentiments fragiles ne soient rapidement étouffés par l'exaspération et la frustration qu'elle sentait inexorablement monter en elle.

XIV

Mathieu attendit la dernière limite pour envoyer à ses parents une courte lettre, écrite d'une traite, et la rage au cœur.

Chers papa et maman,
Je vais beaucoup vous surprendre. J'ai eu un coup de foudre partagé pour une charmante jeune fille, Valérie et nous avons décidé de vivre ensemble. Comme nous sommes de la vieille école, nous ne le ferons qu'une fois mariés. Vu le deuil qui a frappé notre famille, nous refusons d'organiser une grande fête pour célébrer nos noces. Nous nous contenterons d'une cérémonie toute simple le mercredi de la semaine prochaine. Je ne vous préviens qu'aujourd'hui, contre l'avis de Valérie, car je voulais éviter toute pression de la part de maman qui n'approuvera pas, je pense, notre choix. Mais nous ne voulions pas retarder plus longtemps notre union. Nous refusions d'attendre un an ou plus. Nul invité hormis les parents et les témoins. Si vous le souhaitez, je peux vous amener, Valérie, dimanche afin que vous fassiez sa connaissance.
Mathieu

En même temps qu'il tendit le brouillon de sa lettre à sa fiancée, Robili grommela pour se garantir contre tout reproche :

— Je te le rappelle : ma mère a tué Sophie.

Elle lut le texte avec lenteur et lorsqu'elle eut fini, elle le regarda, embarrassée. Elle comprenait ses déchirements, sa rancœur contre sa mère, elle admettait qu'il fut révolté contre elle, qu'il lui en veuille, mais sa lettre maladroite les mettait dans une situation impossible. Pourtant, elle ne trouva pas le courage de protester ; elle n'émit aucune remarque et lui sourit même lorsqu'elle lui rendit son brouillon.

Toute la semaine, elle appréhenda sa visite chez les parents de Mathieu et ses craintes se révélèrent malheureusement fondées. Berthe avait organisé en catastrophe un grand repas pour présenter sa future bru à la famille élargie, mais son accueil manqua de chaleur. Elle ne fit pour sa part aucune réflexion, cependant son mari et ses invités regrettèrent en chœur la précipitation avec laquelle ce mariage avait été décidé. Face à ces reproches, les fiancés baissèrent la tête sans répondre. Mathieu refusait de se justifier tandis que Valérie était incapable de défendre une décision qu'elle n'avait pas prise. Après avoir vainement attendu qu'on lui en parle spontanément, Berthe finit par interroger la jeune femme :

— Et quel est votre travail ? Que font vos parents ?

— Je suis standardiste à la DDE. C'est comme cela que nous nous sommes rencontrés avec Mathieu. Papa est en pré retraite : il était ouvrier dans la sidérurgie. Maman est femme au foyer.

Le sourire de Berthe se figea et son regard devint glacial. Valérie comprit en voyant sa réaction qu'elle était définitivement rejetée. Elle eut soudain envie de se lever et de s'enfuir, sans son fiancé, de cette maison hostile ; elle eut beaucoup de mal à se contenir et à rester. L'après-midi lui sembla interminable malgré les efforts que M. Robili déploya pour la mettre à l'aise et l'intégrer à sa famille. Mathieu, sensible à son calvaire, exigea de partir tôt, prétextant que Valérie n'aimait pas conduire de nuit et elle lui en fut profondément reconnaissante. Elle passa aux toilettes avant de s'en aller, heureuse et soulagée que l'épreuve touchât à sa fin ; malheureusement quand elle sortit des WC, elle entendit la mère de Sophie glapir :

— Comment cela, vous n'avez pas prévu de contrat de mariage ? Mais il fallait absolument en établir un. Elle t'épouse peut-être par amour, mais également pour ton argent. Dis-moi, mon fils, y aurait-il un bébé en route ?

— Je trouve inadmissible de ta part d'attendre qu'elle ait le dos tourné pour l'insulter, lui rétorqua furieux Mathieu.

Valérie s'appuya contre le mur sans se montrer. Mme Robili était-elle si loin de la vérité ? Pourquoi avait-elle accepté sa demande en mariage, bien qu'il fût si spécial, si ce n'est parce qu'il avait une bonne situation ? Elle se dégoûta : sur le fond, elle n'était qu'une prostituée qui profitant de la folie de Mathieu vendait son corps en échange d'une vie meilleure.

Lorsqu'elle trouva le courage de le rejoindre, son fiancé était blême de colère. Il dit sèchement adieu à sa mère, donna pour compenser une longue accolade à son père et entraîna Valérie en entourant ostensiblement sa taille de la main. À peine installé dans la voiture, il explosa :

— Tu as entendu les propos de ma mère n'est-ce pas ? Elle a fait exprès de parler fort pour que tu saches ce qu'elle pensait de toi. C'est son genre : les grandes courbettes devant, le croche-pied par-derrière. Je t'aime, Valérie, ajouta-t-il en posant la main sur son genou.

— Moi aussi prétendit-elle.

Sur l'instant elle eut l'impression de lui mentir. Tout au long du voyage de retour, il parla longuement de sa mère et de sa sœur, de la haine de la première pour la seconde, de leurs rapports compliqués et pervers. Elle l'écoutait attentive, émue. Elle avait pitié de lui. Le soir, quand ils s'embrassèrent pour se dire au revoir, elle fit, par désespoir, durer longtemps leur baiser, car elle redoutait de se retrouver seule, loin de lui.

Elle ne dormit pas cette nuit-là tant elle se sentait honteuse. Elle envisagea une nouvelle fois de rompre, pour retrouver une dignité qu'elle avait l'impression de perdre, pour mettre un terme à cette absurde relation, mais elle fut incapable de s'y résoudre. Elle espérait, contre toute raison, un impossible miracle.

Ils se marièrent un mercredi après-midi. Leurs parents respectifs, leurs deux témoins Lafa et Stéphanie étaient les seuls invités de cette noce que Mathieu s'était acharné à rendre la plus simple possible. La veille, Mme Valnoet qui, pour ne pas mettre sa fille dans l'embarras, s'était tue jusqu'alors, craqua et grommela :

— À quoi bon t'épouser dans ces conditions ? Il te cache, ma parole. Il doit penser que tu n'es pas assez bien pour lui. J'avais tant rêvé, ma chérie, de cette cérémonie lorsque tu étais jeune. Et demain il n'y aura rien, juste un repas dans un restaurant. Et tu n'auras même pas de vraie robe de mariée.

Valérie n'avait rien trouvé à répondre pour consoler sa mère.

Dominique Beaulieu leur fit la surprise de les unir et une fois les consentements échangés, il les entraîna dans une pièce adjacente où il avait fait préparer un buffet pour fêter l'événement.

— Nous avons le temps, leur apprit-il. Hier, j'ai téléphoné au prêtre et je me suis d'accord avec lui pour retarder la cérémonie religieuse. Je l'avais invité à nous rejoindre, mais il a refusé.

Il chuchota à l'oreille de Mathieu.

— Écoute, c'est moi qui vous offre le champagne et les petits fours, pas la ville et je ne les ferai pas passer dans les frais généraux d'une de mes entreprises.

Le soir, Valérie resta dans la salle de bains, plus longtemps qu'il n'aurait fallu, afin de se préparer à leur nuit de noces. Elle se sentait nerveuse, tendue. Elle était encore vierge ; Mathieu ne lui avait rien demandé et elle n'avait jamais filtré avec un garçon avant de le rencontrer. Elle se sentait humiliée par ce mariage au rabais, mais sa colère qu'elle éprouvait lui faisait honte. Lorsque Beaulieu lui avait demandé : « *Voulez-vous prendre Mathieu Robili pour époux.* », lorsqu'elle avait répondu « *Oui* » elle avait ressenti une envie, furieuse, irraisonnée, de réussir leur couple si bancal. Ce désir persistait, mais elle désespérait de l'avenir tant les obstacles qui se dressaient entre eux lui semblaient insurmontables : la folie de Mathieu, son incapacité à communiquer, le cadavre de sa sœur qui encombrait son âme.

Assis sur le canapé du salon, il n'attendait pas Valérie, il exigeait Sophie. Il avait offert à sa femme pour l'occasion un déshabillé rose, semblable à une chemise de nuit que possédait sa sœur. Il espérait qu'elle viendrait à lui, décoiffée, que grâce aux traits qu'elles possédaient en commun, la morte revivrait dans sa femme. La scène maudite qui s'était déroulée dans cet appartement quelques mois auparavant, l'obsédait jusqu'à la folie. Il voulait réaliser l'impossible, remonter le temps, réécrire l'histoire sur un livre dont les pages étaient depuis longtemps tournées. Il se rappelait, jusqu'à perdre conscience du présent, la sensation, bizarre, angoissante, effrayante qu'il avait ressentie le soir où son monde avait basculé, le soir où il s'était noyé dans l'ombre émeraude, où son doigt avait effleuré l'antre mouillé et interdit de sa sœur.

Elle sortit enfin de la salle de bain et murmura, intimidée, qu'elle était prête. Il s'approcha d'elle : elle avait refait ses couettes et ne ressemblait plus à Sophie. Son regard se durcit. Il réalisa soudain qu'il s'était marié, que devant lui se tenait une inconnue qui était sa femme. Fébrilement, il délia les nattes qu'elle avait mises si longtemps à lisser et installa ses cheveux en désordre sur ses épaules. Il ne l'embrassa que lorsque sa tâche fut terminée et l'emporta, non pas dans la chambre, mais jusqu'au canapé où il avait caressé Sophie. Il pensa désespérément à sa sœur lorsqu'il lui fit maladroitement l'amour, surtout lorsqu'il la pénétra.

Au milieu de la nuit, il se réveilla. Elle dormait pelotonnée contre son bras, abandonnée et sereine. Sa jeunesse et sa candeur l'émurent et il eut mal au cœur.

— Pardon, Valérie, murmura-t-il tout bas.

XV

Ils trouvèrent leurs marques et s'installèrent dans une routine anesthésiante. Il se mit à la haïr et à l'aimer, aussi. Il était attentionné, gentil : il lui faisait souvent de menus cadeaux, la laissait toujours choisir les programmes de la télévision, les films au cinéma, la complimentait sur sa cuisine tout en éprouvant pour elle une aversion mêlée de tendresse. L'illusion qu'il l'avait poussé à épouser Valérie s'effritait : elle n'était pas Sophie. La ressemblance qu'il avait cru déceler était fugace et incertaine. Jamais il ne la vit recroquevillée sur le canapé : elle était toujours active, toujours à la recherche d'une occupation. Elle ne se plaignait jamais et n'était pas dépendante de lui pour la vie quotidienne.

Il critiquait en son for intérieur son manque de culture, ses goûts qu'il jugeait trop communs. Il n'aimait pas ses toilettes simples, trop bon marché, le parfum odorant dont elle s'aspergeait, les films et les séries qu'elle regardait, le verre de bière qu'elle buvait rituellement à chaque repas, sa façon de tenir trop serrée les cordons de leur bourse. Il détestait quand, parfois sa combinaison dépassait de sa jupe ; il aurait préféré qu'elle n'en mette pas, tant ce sous-vêtement lui paraissait vulgaire, peu évolué. Il aurait pu le lui dire, mais il se taisait. Ils ne se disputaient jamais, il ne lui faisait que peu de reproches, juste quelques petites remarques, anodines et acidulées : « *Tu es hirsute, tu devrais aller au coiffeur* » « *Tu fais du bruit en mangeant* » « *Tu ne devrais pas curer les dents avec les doigts* ». Il était incapable de lui offrir un cadeau sans l'assortir peu après d'une de ces réflexions, de lui dire « *Je t'aime* » sans la critiquer, gentiment, par la suite.

L'ombre émeraude

Elle adorait l'emmener dans les hypermarchés de la ville, pas nécessairement pour acheter, juste pour regarder les rayonnages et il détestait cette corvée. La foule, la cohue, le bruit et la musique incessante lui faisaient horreur. Les gens mal habillés et vulgaires qui poussaient leurs caddies bourrés dans les allées encombrées des magasins, symbolisaient à ses yeux ce *Pays des Crétins* qu'il abhorrait. Il avait conscience de rejeter Valérie en grande partie parce qu'elle symbolisait cette région où il vivait, ce marécage fétide où il s'enlisait.

Il se savait injuste : elle avait été transparente depuis le début. Elle n'avait jamais prétendu être autre qu'elle n'était. Et il lui était reconnaissant de l'avoir accepté malgré son comportement absurde. Il appréciait qu'elle le décharge de toute tâche ménagère, il goûtait sa bonne humeur constante, il la trouvait jolie. Et surtout il avait désespérément besoin d'elle, car l'amour mêlé de haine qu'il éprouvait pour elle structurait désormais sa vie.

De son côté, elle ressentait douloureusement la distance implacable qu'il maintenait entre eux. Pourtant elle s'efforçait de lui complaire quitte à s'oublier, en saisissant au vol les rares indications qui sortaient de sa bouche, mais elle voyait bien qu'il n'était pas satisfait et elle se désespérait ; elle s'en voulait d'être incapable de le comprendre, de lui fournir ce qu'il attendait. Bien qu'elle s'attachât chaque jour un peu plus à lui, elle éprouvait de temps à autre des crises de découragement. Elle rêvait alors de s'en aller, de se libérer de lui, de faire exploser ce mariage boiteux, avant de se reprendre très vite.

Elle incriminait Sophie. Elle aurait voulu détruire les cadres dont il avait parsemé leur appartement, briser devant lui les meubles qu'il se refusait à changer, lui faire comprendre, ainsi qu'il l'avait lui-même reconnu avant leur mariage, que Sophie était morte et qu'elle était vivante.

L'ombre émeraude

Elle se raccrochait à l'idée qu'elle souffrait parce qu'elle l'aimait. Si elle n'avait rien ressenti pour lui, elle aurait mieux supporté cette distanciation qui lui pesait. Elle se serait contentée d'être l'épouse d'un cadre, de s'être embourgeoisée. Pouvait-elle le quitter par amour ? Cela n'aurait eu aucun sens. Elle priait intensément pour que leurs problèmes finissent par se résoudre, mais rien ne changeait dans leur vie et ils n'étaient un couple qu'en apparence.

Ils se recevaient à tour de rôle avec Alexia Alban. C'était la dessinatrice qui avait pris l'initiative de les inviter. Valérie appréhendait ces soirées, car passées quelques paroles banales et de circonstances sur le temps ou sur les menus événements du bureau, elle était vite exclue des échanges. Invariablement Mathieu et Alexia suivaient le même rituel : ils commençaient par critiquer de concert Beaulieu, se disputaient ensuite sur la politique menée par Mitterrand, et terminaient par des commentaires pointus sur leurs lectures respectives.

Lorsqu'il discutait avec Alexia, il ne prêtait absolument pas attention à sa femme, mais fixait sa collègue avec chaleur. Valérie détestait la lueur qui animait alors ses yeux et la comparaît amèrement à la morne résignation qu'elle lisait dans son regard lorsqu'ils étaient seuls. Pourtant, Valérie ne fuyait pas cette corvée. Au contraire, quand c'était leur tour de rendre l'invitation, elle la rappelait à son mari.

Pendant ces soirées, elle se rendait compte avec acuité de l'abîme qui la séparait Mathieu. Elle se disait alors qu'il aurait dû épouser Alexia. Malgré son physique ingrat, elle l'aurait rendu heureux.

Un jour qu'ils l'avaient reçue et qu'ils débarrassaient la table basse de leur salon, elle fut prise d'une impulsion subite. Elle déclara d'un jet, sans reprendre son souffle, sans oser le regarder en face :

— Mathieu si tu es d'accord, j'arrête la pilule le mois prochain.

L'ombre émeraude

Le désir d'enfant n'avait cessé de grandir en elle depuis leur mariage. Elle y pensait de plus en plus. La solitude qu'elle avait ressentie ce soir-là, avait exacerbé cette envie au point de lui donner le courage d'en parler pour la première fois. Cette demande imprévue l'angoissa, le paniqua. Il répondit sur un ton fuyant, apeuré :

— Valérie, tu es bien jeune pour devenir maman. Tu n'as que vingt-deux ans. Nous avons tout le temps devant nous.

Les mots de Sophie résonnaient accusateurs dans sa tête :

« Puissent mes filles, un jour, me pardonner de leur avoir, par mégarde, donné la vie alors que j'étais incapable d'assumer la mienne. »

Pouvait-il faire un bébé à une femme qu'il n'était pas sûr d'aimer ? Sa mère, par son égoïsme forcené, avait gâché la vie de ses enfants. Quels stigmates garderaient ses nièces du suicide de Sophie ? Il n'avait pas le droit, lui dont l'équilibre nerveux était si instable de devenir père.

— Mathieu ! J'ai envie d'avoir un fils maintenant. Je me sens prête ! Je suis mûre pour la maternité.

— Non ! rétorqua-t-il. C'est bien trop tôt !

Elle darda alors ses yeux dans les siens pour le défier. Elle voulait un enfant de lui : pour jeter un pont sur l'abîme qui les séparait, pour établir enfin entre eux un lien plus solide que son illusoire ressemblance physique avec Sophie, pour garder quelque chose de lui si leur couple explosait, mais il détourna la tête, furieux, presque haineux. Et il sortit de la pièce pour clore la discussion. Elle comprit qu'elle n'aurait pas gain de cause, du moins pour le moment. Elle était incapable d'attendre qu'un jour il soit prêt à sauter le pas. Elle était trop en colère. Il fallait qu'elle tombe enceinte tout de suite et le cœur lourd de révolte, elle décida ce soir-là d'arrêter la pilule sans lui en parler.

XVI

Déterminée à lui forcer la main, Valérie avala ostensiblement chaque soir devant lui le comprimé d'œstrogènes qu'elle recrachait ensuite dans les WC. Elle s'arrangea de même pour augmenter la fréquence de leurs rapports dès qu'elle estima être en période d'ovulation. À la fin du premier cycle, ses menstrues n'arrivant pas, elle se crut enceinte et se précipita chez sa gynécologue. Malheureusement, lorsque le médecin eut fini de l'examiner, elle lui annonça en souriant :

— À mon avis, ce n'est pas pour cette fois-ci, Mme Robili. Vous avez un retard de règles, car vous venez d'arrêter la pilule. Vos premiers cycles seront plus longs que d'habitude, vous vous régulariserez par la suite jusqu'à ce que vous tombiez enceinte.

— Mais vous n'êtes pas certaine à cent pour cent que je n'attends pas de bébé !

— Un examen clinique est, en effet, insuffisant pour déterminer s'il y a grossesse ou pas. Je vais vous prescrire un test sanguin pour vérifier votre taux d'hormones. Il sera bien plus fiable que ceux que vous trouvez en pharmacie.

Valérie rangea avec soin l'ordonnance dans son sac à main et se précipita au laboratoire dès qu'elle fut sortie du cabinet. Elle ne croyait pas sa gynécologue. Elle savait, elle, qu'elle avait conçu un bébé. Cette certitude l'avait envahie depuis quelques jours et la rendait euphorique.

Lorsqu'elle revint chez elle, Mathieu ne remarqua pas son état d'excitation. Il était plongé dans la lecture du magazine *le Point*. La photo de Dominique suivie de la légende : « *L'homme nouveau de la politique française s'exprime* » s'étalait sur la première page de l'hebdomadaire. Depuis quelque temps, le journal consacrait régulièrement un petit filet de sa rubrique « *confidentiel* » au maire de Saint-Pierre. Il avait successivement annoncé que Beaulieu avait été reçu à l'Élysée, qu'il avait refusé d'adhérer au parti républicain, qu'il s'était envolé pour Budapest afin de conclure un accord de jumelage, qu'il était en pourparlers avec des industriels japonais pour implanter une usine automobile dans sa ville. Et cette fois-ci, Dominique faisait la une. La colère de Mathieu s'accrut au fil de la lecture du dossier et de l'interview exclusive. Beaulieu y était, comme de coutume, évasif, il éludait les questions posées. Il refusait notamment de se placer sur l'échiquier politique en prétendant se situer au-delà des clivages traditionnels et selon lui dépassés de la droite et de la gauche. Interrogé sur la rumeur qui le disait sur le point d'entrer au gouvernement lors du prochain remaniement, il faisait la fine bouche en affirmant qu'il n'accepterait un poste ministériel que s'il avait l'impression d'être utile et que s'il ne servait pas d'alibi à une hypothétique ouverture. Sa prétention, son ambiguïté, énervèrent Mathieu. Il prit Valérie à témoin, mais celle-ci, toute à ses rêves, se déroba en lui donnant un baiser sur les lèvres avant d'allumer la télévision pour clore la discussion

Le lundi soir, lorsqu'elle retira les résultats de son test urinaire, elle ouvrit l'enveloppe aussitôt qu'elle l'eut en sa possession : elle n'était pas enceinte. Sa déception fut énorme, tant elle s'était persuadée qu'elle attendait un bébé. Elle essaya de se raisonner, de se répéter que ce n'était que partie remise, qu'elle recommencerait le mois prochain, mais tout le reste de la soirée, elle resta sombre et triste, en proie aux idées noires. Même Mathieu s'en aperçut lorsqu'il rentra. Il essaya d'en connaître la raison de son chagrin, mais elle refusa de le lui dire et il fut incapable de deviner ce qui la tourmentait. Le cafard de Valérie persista plusieurs jours avant qu'il ne dissipât et que sa nature optimiste ne reprenne le dessus.

Peu de temps après la parution de l'article sur Beaulieu, la cellule saint-pierraise du parti républicain se réunit comme elle le faisait chaque mois. En public, Botellot gardait, une parfaite neutralité vis-à-vis de Dominique, parce que le charme du maire agissait sur les maigres cohortes de sa section et que l'ancien adjoint au maire ne voulait pas brusquer ses camarades de parti et risquer de les perdre. Néanmoins lorsqu'il se retrouva seul avec Lafa et Mathieu, il se défoula :

— Encore six cents millions de francs de travaux pour la médiathèque, gémit-il, et, bien entendu, nous ne décrocherons aucune subvention. C'est toujours le même schéma : le beau parleur se gargarise, prétend qu'il va réaliser ses projets sans débourser un liard, en utilisant les diverses aides de l'État ou du département. Tout le monde l'applaudit, le trouve génial comparé aux ânes bâtés que nous étions. Deux mois après, on apprend discrètement que l'État a refusé de s'engager et que la ville assumera tous les frais ou presque. Je vous le dis, les enfants ! Saint-Pierre court à la faillite. Dans moins de deux ans le préfet nous place sous tutelle.

Au fond de lui, Charlie se délectait de sa sombre prédiction. Lafa et Mathieu approuvaient sa colère, tout en sachant isolés et impuissants à dissiper une illusion collective. Que pouvaient-ils proposer pour contrer le mirage sinon l'amère et têtue réalité qui n'intéressait personne ? *Le Pays des Crétins* vivait, à son échelle, son mai 68 et son printemps de Prague Il croyait que la vieille malédiction était enfin brisée, qu'il avait de nouveau un avenir et plus seulement un passé. Il était comme une femme mûre, aux charmes usés, qu'un jeune homme séduisant courtise en lui susurrant qu'elle est encore belle et avenante. Comment résister à de tels mensonges ?

Les menstrues de Valérie arrivèrent et après elles, un nouveau cycle d'espoir. Un soir, alors que Valérie venait timidement de lui proposer de faire l'amour, il s'étonna :

– Tu ne devais pas avoir tes règles hier ?

Elle sentit son cœur s'emballer. Elle eut peur d'être découverte. Elle lui sourit et répondit avec aplomb :

– J'ai un léger problème hormonal. Du coup, j'ai des cycles irréguliers même avec la pilule. Mes règles sont courtes tout en étant abondantes. Profitons-en, chéri.

Elle avait l'impression que son mensonge se lisait sur sa figure, mais il accepta ses explications et l'embrassa dans le cou. Lorsqu'il se fut endormi, elle resta éveillée, pelotonnée contre lui. Elle était impatiente de tomber enceinte, de forcer le destin. Elle appréhendait sa réaction sans que cette crainte ne fasse fléchir sa détermination, bien au contraire. Elle désirait un garçon. Elle se voyait le border, l'embrasser, le consoler. Il lui semblait que sa vie adulte commencerait, que l'ennui qu'elle ressentait et que son mariage n'avait pas dissipé disparaîtrait enfin. Elle demeura longtemps sans dormir, à rêver de cet enfant qui, elle en était sûre, se formait dans son ventre et se sentit heureuse comme jamais elle ne l'avait été dans sa vie.

Mathieu changea d'affectation, Beaulieu ayant accepté à contre-cœur les conditions de Mathieu et signé une convention avec la DDE pour la réhabilitation de Bourgogne. Dès que les longues et délicates formalités administratives furent réglées, Robili s'attela à la tâche, toutefois le carcan étatique qu'il s'était lui-même imposé le gênait considérablement. S'il avait été moins têtu, il aurait pris un congé pour devenir provisoirement salarié de la ville. Son travail aurait été simplifié, bien plus efficace, malheureusement son orgueil lui interdisait de changer d'avis. Il affrontait en maugréant les obstacles qu'il s'était lui-même créé. Son humeur d'ordinaire sombre s'en ressentit et il devint encore plus maussade qu'à l'habitude.

Lorsque ses menstrues eurent quatre semaines de retard, Valérie se persuada une nouvelle fois qu'elle était enceinte et alla chercher un flacon pour recueillir ses urines. Aussi lorsque, à l'heure du déjeuner, elle trouva une trace de sang dans son slip, elle refusa de croire que ses règles arrivaient. Elle s'accrocha toute l'après-midi à l'idée qu'au début d'une grossesse un saignement se produisait parfois. Elle éclata en sanglots lorsque le soir, au W-C, l'abondant flot de sang noir qui s'écoulait, ne lui laissa plus aucun espoir. Mathieu qui lisait dans le salon, accourut :

– Que se passe-t-il, ma douce ?

– Rien !

Qu'elle soit obligée de garder pour elle le désespoir qui l'habitait la rendit furieuse.

– Mais tu pleures !

– Ce n'est rien, je te dis ! Une bêtise au bureau.

Elle inventa une fable qu'il goba. Ses yeux brillants de larmes, sa vulnérabilité, son accablement, accentuèrent sa ressemblance avec Sophie. Ému, il voulut la prendre dans ses bras, mais elle le repoussa avant de s'enfermer dans la cuisine pour préparer le dîner. Elle était découragée. Elle ressentait son mariage comme une farce absurde, un piège acerbe. Elle n'avait rien en commun avec Mathieu, elle était incapable de partager quoi que ce soit avec lui. Elle ruminait, amère, les propos de sa gynécologue : « *Cinquante pour cent des femmes entament une grossesse six mois d'essai après avoir arrêté la pilule et quatre-vingts pour cent au bout d'un an* »

Elle décida de s'octroyer un délai d'une demi-année et de laisser la nature trancher. Si à la fin de l'été, elle n'était pas enceinte, elle jetterait l'éponge, elle le quitterait. Elle en aurait alors la force.

Les mois continuèrent à s'écouler lentement, déprimants, tristes sans que Valérie n'entame une grossesse. Un samedi après-midi de mai un reportage sur Bourgogne passa à la télévision. On montra les vieux bâtiments délabrés qu'on commençait à raser et ceux qu'on allait rénover. On interrogea le maire qui prétendit avoir confié aux habitants les travaux de réhabilitation, qu'il avait neutralisé les bandes d'adolescents du quartier et détourné leur énergie destructrice en leur confiant des chantiers. On présenta des terrains situés au pied de l'autoroute, qu'on avait défrichés, transformés en jardins potagers et donnés à chaque famille qui en faisait la demande. On parla d'une ferme pilote prévue pour les encadrer. On montra aussi des brigades de bénévoles patrouillant la nuit pour s'assurer que les mineurs étaient bien rentrés chez eux, des instituteurs à la retraite qui donnaient des cours de soutien le soir. Le tableau brossé était idyllique : une population, qui avec un peu d'aide extérieure se prenait elle-même en mains et s'arrachait à la misère.

Mathieu bondit sur sa chaise tout au long du reportage, car il connaissait l'envers du décor : les travaux qui n'avançaient pas par manque de personnel qualifié, les matériaux régulièrement détournés, les jardins potagers que l'herbe folle du printemps recouvraient faute d'être cultivés par une population apathique, la ferme pilote qui n'existait que sur le papier, les enseignants qui loin des caméras se retrouvaient seuls dans des salles de classe désertées par des enfants qui préféraient regarder la télé.

Le mercredi suivant, lorsqu'il visita avec Beaulieu le chantier boueux de la fantomatique ferme pilote, il le prit à partie violemment :

– Samedi en regardant la deuxième chaîne, j'étais outré : c'était vraiment le couronnement de tout ton battage médiatique. De la pure propagande ! Dans la presse, tu ne parles que de tes projets, jamais de tes réalisations, car tu n'en as aucune à mettre à ton actif. On te juge sur tes idées et là tu es imbattable, mais à habiller la réalité de trop beaux habits, tu creuses ta propre tombe. Je te le prédis. Tu ne feras pas illusion longtemps. Sans bases solides et concrètes, l'échafaudage que tu as bâti s'effondrera tôt ou tard et les gens s'apercevront que le roi est nu.

Beaulieu sourit devant cette diatribe enragée prononcée d'une seule traite.

— Eh bien, Mathieu, tu ne changes pas : toujours moralisateur et rabat-joie. Que me reproches-tu ? J'applique ton projet, celui que tu as esquissé lorsque tu étais secrétaire de l'Ares. Tu en es le pilote de A à Z. Je te soutiens autant que je le peux. Je t'ouvre tous les crédits que tu me demandes. Que veux-tu que je fasse de plus ? Je ne suis pas responsable de tes déboires.

— Cesse d'embellir la réalité et d'acheter les journalistes pour chanter tes louanges !

— Écoute ! Grâce à ce que tu appelles mon battage médiatique, je modifie la perception qu'ont les Français de la région et je redonne confiance aux habitants du *Pays des Crétins*. J'enclenche un cercle vertueux. Les résultats vont suivre.

— Arrête ! Tu cherches surtout à soigner ton image !

— D'accord, je mets sur un pied d'égalité mon intérêt personnel et celui de l'Oustrélie. Est-ce un crime, monsieur le juge ?

— Que vises-tu exactement ? Un ministère ? Matignon ?

— Tu as oublié de citer l'Élysée, répliqua-t-il, railleur. Je monterais le plus haut que je le pourrais. Je suis comme les autres politiciens, si ce n'est que je suis franc et que je ne dissimule pas hypocritement mes ambitions.

— Tu as trop d'appétit : tu vas te casser la figure.

— Je suis devenu maire de Saint-Pierre en déjouant tous les pronostics. La France est lasse de la cuisine politique traditionnelle. La gauche s'est effondrée idéologiquement. Elle gouvernera encore quelque temps, mais elle est en coma dépassé sur le plan intellectuel. La droite n'est pas en meilleur état. Les politiciens sont impuissants face aux problèmes du pays. Mais leurs besaces de solutions sont vides. La route est libre pour qui saura proposer une nouvelle manière de gouverner, pour qui saura faire rêver les Français. Et encore une fois, je ne cherche pas le pouvoir pour le plaisir d'être au sommet de la pyramide : je veux avant tout extraire mon pays de l'ornière dans laquelle il est tombé depuis dix ans.

— Tu es trop pressé ! Tu vends la peau de l'ours avant de l'avoir tué. Attends un mandat complet avant de passer au stade supérieur. Exhibe du concret aux Français au lieu de leur proposer du vent. Pour conquérir le pays, fais tes preuves d'abord.

— Je ne peux pas attendre. Le temps me manque.

— Voyons ! Tu as à peine quarante ans. Tu as plusieurs dizaines d'années devant toi.

— Malheureusement non.

— Pourquoi dis-tu cela ?

— J'ai mes raisons qui m'obligent à bousculer mon calendrier, éluda-t-il d'un signe de la main.

Il passa à autre chose pour clore la discussion et ne plus aborder ce sujet qui l'angoissait.

Mathieu continuant de ressasser ses griefs dans son coin se plongea un petit peu plus dans son travail, se voulant irréprochable et parfait. Un dimanche pluvieux de juin, en épluchant par acquis de conscience les comptes de la ferme pilote de Bourgogne, il découvrit une facture qui le titilla. Trois cent mille francs avaient été payés à un bureau d'études parisien en échange de quelques statistiques passe-partout. Il nota les références de la société qui avait passé le contrat et se promit de rechercher ses actionnaires. Pourtant, il n'en fit rien, tant il avait peur de ce qu'il trouverait et du dilemme moral qui en résulterait. La facture resta dans le tiroir de son bureau pendant tout le reste du printemps et le début de l'été sans qu'il ne s'en occupât.

Les espoirs de grossesse Valérie furent déçus à trois reprises et à mesure que les mois s'étaient enfui son amertume avait grandi. Les vacances de juillet n'arrangèrent pas son état d'esprit, car elle se retrouva coincée avec un époux taciturne et bougon dans un hôtel de la côte atlantique. Pendant ces jours qui lui semblèrent interminables, elle eut l'impression d'être devenue totalement transparente aux yeux de Mathieu, car son masque de gentillesse et de prévenance qu'il s'efforçait de mettre en avant s'effrita et il n'arriva plus à jouer son rôle de mari amoureux. Il ne redevint affectueux que lorsqu'ils rentrèrent à Saint-Pierre, comme si le seul endroit où il pouvait composer avec la vie, était cet appartement étouffant de souvenirs où Sophie avait vécu, où elle était morte.

Malgré sa rancœur qui ne cessait de croître, elle essaya pendant toute cette période de concevoir un enfant. Avec application, elle fit l'amour avec Mathieu, guettant les dates favorables, le relançant même quand il n'avait pas envie. Pourtant, quelque chose s'était cassé en elle. Ses espoirs s'amenuisaient. Elle ne croyait plus après chaque rapport qu'il l'avait fécondée. Et lorsque ses règles tardaient, elle ne se précipitait pas pour faire une analyse d'urine, au contraire. En août, à son retour de vacances, elle attendit la troisième semaine de retard pour effectuer le test. Et lorsqu'elle sortit du laboratoire d'analyses, elle était morose et découragée. Elle n'osait pas décacheter la lettre qu'on lui avait remise, se doutant du résultat. C'était l'avant-dernier cycle avant la fin du délai qu'elle s'était fixée. Aurait-elle la patience d'attendre encore un mois et d'effectuer une ultime tentative ? Allait-elle mettre fin dès maintenant à la comédie ? Ce n'est que de retour chez elle, lorsqu'elle rangea son sac dans le placard de l'entrée, qu'elle se résigna à déchirer l'enveloppe. En dépliant la lettre un chiffre la frappa : mille unités d'hormones de grossesse. Elle relut, la feuille plusieurs fois avant de s'asseoir bouleversée. Elle était enceinte : aucun doute n'était possible. Lorsque Mathieu revient le midi, il la trouva métamorphosée, rayonnante et câline, mais elle ne lui dit rien et il n'osa l'interroger.

Le dimanche suivant, Bruno leur amena ses filles. Valérie avait proposé de les garder la fin des vacances scolaires pour soulager l'ancien beau-frère de son mari. Le lundi soir quand il rentra, Mathieu fut attiré dans la cuisine par des éclats de rire. Sa femme faisait des crêpes avec les petites. Leurs mains étaient blanches de farine. Il s'arrêta sur le pas de la porte et les regarda s'amuser. Comme souvent dans ces moments-là, l'image de Sophie se superposa, en s'opposant, à celle de sa femme. Il comprenait confusément pourquoi il la haïssait : elle était une usurpatrice. Il refusait le bonheur simple qu'elle lui offrait, car il n'y avait pas droit, lui qui avait été incapable de résister à l'ombre émeraude du regard de sa sœur. Valérie lui lança un baiser :

— Tu vas bientôt manger ce qu'elles ont préparé.

Puis se tournant vers ses nièces :

— Vous savez, les filles, j'ai une grande nouvelle à vous annoncer. Vous allez avoir un cousin.

Mathieu se pétrifia.

— Un cousin ? répéta Marie.

— Ou une cousine, reprit Valérie.

Blême de colère, incapable d'en supporter davantage, il s'enfuit et se réfugia dans son bureau, en faisant claquer la porte derrière lui. Il ne consentit à en sortir que pour manger et y retourna aussitôt le dessert servi. Il ne parut plus de la soirée sauf pour embrasser ses nièces dans leurs lits.

Valérie s'obligea à rester éveillée jusqu'à ce qu'il la rejoigne dans leur chambre. Quand il entra enfin, le regard buté, elle se dressa sur ses oreillers.

— Nous allons avoir un bébé, Mathieu.

Elle le défiait, calme et sereine. Il explosa :

— Tu l'as dit en présence des filles parce que tu étais incapable de me l'annoncer en tête à tête. C'est dégueulasse ! Est-ce un accident de pilule ?

— Non, il y a six mois que je ne la prends plus

Elle trouvait essentiel de lui dire la vérité. Elle aurait pu mentir, prétexter un oubli.

— Tu n'avais pas le droit ! Je te l'avais dit que j'étais contre. Fais-toi avorter.

— Cesse de dire des bêtises. Dans sept mois et demi, tu seras papa.

Il se jeta sur le lit et tapa avec rage sur les draps.

— Ce sera ton enfant ! Pas le mien !

Elle essaya de lui caresser les cheveux, mais il écarta sans ménagement sa main.

— Mathieu ! Je voulais un bébé de toi, tu comprends, de toi, pas d'un autre.

— Tu as eu mon sperme. Tu n'auras rien de plus de ma part.

— Qu'est-ce qui ne tourne pas rond chez toi ?

— Tu n'avais pas le droit de me faire un enfant sans mon autorisation !

— Aurais-tu accepté que j'arrête la pilule ? Non ! Tu aurais trouvé des excuses pour attendre ! Je n'avais pas le choix. Je voulais un bébé maintenant, pas dans dix ou quinze ans. Cesse de répéter que tu as des droits, j'en ai autant que toi. Bon Dieu. Je suis ta femme, pas ta domestique.

Il ne répondit pas et l'amertume submergea Valérie.

— J'avais besoin de cet enfant, Mathieu, pour avoir une raison de rester avec toi. Tu comprends ? Je t'aime, tu sais, mais je craque : j'ai tellement de mal à te supporter.

— Ne me dis pas que je te rends malheureuse ! Je refuse de le croire. Je fais tout ce que je peux pour toi.

— Comme si tu ne percevais pas mon malaise ! Mais je me sens merveilleusement bien maintenant, répliqua-t-elle, en désignant son ventre. Mathieu, Sophie est morte. Je ne te demande surtout pas de l'oublier, juste de tourner la page. Notre fils a besoin de toi. Il représente l'avenir, le bonheur. Laisse derrière toi ton passé.

— Tais-toi, hurla-t-il d'une voix stridente. Je n'aurai ni fils ni fille.

Il se glissa sous les draps et se tourna vers le mur. Elle n'insista pas, mais des doutes la traversèrent. Elle avait sous-estimé l'ampleur de sa réaction, la virulence de cette haine qu'il lui crachait à la figure. Elle s'efforça de se rassurer : elle aurait son enfant quoi qu'il arrive ; s'il fallait l'élever seule, elle le ferait. Elle serait à la fois sa mère et son père

XVII

Quand le lendemain matin, à son réveil, Valérie rejoignit Mathieu dans la cuisine, il se leva aussitôt de table avant de quitter la pièce sans un mot. Elle entendit peu après la porte de l'appartement claquer sans qu'il ne vienne lui dire au revoir, sans qu'il l'embrasse sur les lèvres comme il le faisait rituellement chaque matin. Elle s'obligea à rester sereine. La tempête qu'elle affrontait était plus rude qu'elle ne l'avait envisagé, mais le bébé qu'elle portait, leur enfant, la protégeait de la douleur et de l'angoisse.

Arrivé à son bureau, Mathieu se précipita sur la chemise rose où dormait depuis deux mois la facture litigieuse de la ferme pilote. Sa haine du *Pays des Crétins* auquel il assimilait Valérie était à son paroxysme et il voulait, d'une manière irrationnelle et confuse, se venger. Il dut cependant ronger son frein et attendre neuf heures, que le greffe du tribunal de commerce de Paris ouvre pour avoir le renseignement souhaité : La Sarc appartenait à des amis de Beaulieu qu'il connaissait de nom. Incapable d'en apprendre plus par lui-même, il alla voir Lafa, à la pause-déjeuner. Le policier municipal nota soigneusement les coordonnées de l'entreprise.

— J'ai un bon copain qui bosse à la brigade financière à Paris. On verra ce qu'il peut glaner.

— D'une manière discrète, Je ne veux pas sonner le tocsin.

— Ne t'inquiète pas ! Il ne bougera pas si ses investigations risquent de donner l'alarme.

L'ombre émeraude

Il rentra plus tard que d'habitude chez lui, en détournant la tête lorsque Valérie vint le saluer. Il s'occupa de ses nièces, joua avec elles, sans adresser la moindre parole à sa femme ; elle respecta son mutisme, persuadée que les choses se tasseraient avec le temps. Pourtant, le reste de la semaine n'entama ni son hostilité ni sa froideur. La situation empira dès que Bruno eut repris ses filles. Les enfants l'avaient obligé à garder le masque, à feindre, mais lorsqu'elles furent parties, lorsque le silence retomba sur l'appartement musée, il devint un pur bloc de haine. Il restait le plus possible confiné dans son bureau pour éviter de se retrouver en tête à tête avec elle.

Elle éprouvait pourtant un irrésistible élan de tendresse envers lui. De l'avoir défié avait détruit la colère et la rancune accumulée depuis leur mariage. Mais elle ressentait douloureusement son impuissance à l'aider à sortir de la folie où il s'emmurait. Elle reprit, le lundi, son travail de standardiste. les vacances qu'elle avait prises pour garder ses nièces étant finies. Sa tâche lui apparut encore plus insupportable qu'à l'accoutumée. Elle rêvait d'un avenir, où elle resterait à la maison garder son fils, mais encore fallait-il que Mathieu ne la quittât pas et qu'il acceptât le bébé.

Au milieu de la matinée, il passa dans le couloir devant son cagibi, en lui jetant un regard étrange. Une prémonition lui fit se lever de sa chaise et tirer sur ses écouteurs au maximum, pour voir où il allait : il frappa à la porte du bureau d'Alexia Alban. Elle s'affola. D'ordinaire, Mathieu ne se parlait à la dessinatrice que s'ils se croisaient. Valérie appela Stéphanie par le téléphone interne. Elle la relayait lorsqu'elle devait s'absenter pour prendre une pause. Les minutes qui s'écoulèrent avant que son amie ne vienne la remplacer lui semblèrent interminables et elle imagina le pire. Lorsque Stéphanie arriva enfin, elle bondit dans le couloir jusqu'au bureau d'Alexia. Elle hésita à entrer, sans s'y résoudre. Des bribes de leur conversation lui parvenaient, à demi inaudibles.

– Elle avoir enfant... Pas d'accord... N'en veux pas...

– .... Aimez pourtant...

– ... Non...

– Vous l'avez épousée...

– ...Dû vous épouser...

– Arrêtez de dire des bêtises, cria Alexia d'une voix forte. Pourquoi me parlez-vous de cela ? Pourquoi me mêlez-vous à vos problèmes de couple ?

– Désolé ! Je ne sais pas ce qui m'a pris.... Voir.

Il ouvrit brusquement la porte et se retrouva nez à nez avec Valérie. Il détourna la tête comme dégoûté et s'enfuit à grands pas, oubliant dans sa confusion de refermer la porte du bureau. Alexia se leva et vint vers elle.

– Rassurez-vous. Je ne vous le volerai pas, lui confia-t-elle en faisant un geste d'impuissance.

Valérie craignit jusqu'au soir qu'il ne soit définitivement parti, tant il était en retard, mais il finit par revenir et avala sans un mot le repas glacé, en refusant d'un geste agacé qu'elle le réchauffe.

En le regardant manger à toute vitesse, elle se jura de ne pas faiblir, de s'accrocher à lui comme elle le faisait depuis le début de leur mariage, d'attendre obstinément que sa bouderie cesse, de subir en silence toutes les humiliations dont il l'accablerait. Elle devait le faire pour son enfant, pour lui aussi, afin qu'il ne sombrât pas complétement.

Lafa appela un matin Mathieu et lui demanda de venir le retrouver lors de la pause-déjeuner. Le policier l'entraîna faire une promenade dans le parc proche de la mairie.

– Mon copain a fait une pêche fructueuse. La Sarc s'est occupée de la campagne de la cinquième liste « *nettoyage* ». Elle lui a fourni ses affiches, ses autocollants et ses bulletins de vote. Cette société a également servi d'impresario à Roiquet le candidat socialiste pour une série de conférences qu'il a données aux États-Unis. Elle a réglé l'intégralité de ses frais de transport et d'hébergement. Mon copain, qui s'est débrouillé pour consulter la comptabilité de la Sarc, n'a retrouvé aucune trace de remboursement de la part de « *nettoyage* » ou de Roiquet.

— Beaulieu est un pourri.

— Tu enfonces une porte ouverte.

— Nous avons enfin de quoi le faire chuter.

— Ne t'emballe pas ! Mon ami s'est arrangé pour que les comptes de cette filiale soient photocopiés et légalement accessibles s'il y a enquête, cependant la situation est complexe.

— Pourquoi ? Tout me paraît simple. Il y a eu fraude et nous en avons la preuve.

Lafa hocha la tête, dubitatif :

— Je te rappelle, qu'en principe seule la DDE est habilitée à réagir puisqu'elle contrôle la réhabilitation de Bourgogne. Or ton patron entretient d'excellentes relations avec Beaulieu d'après ce que tu m'as dit. Transmettra-t-il le dossier au préfet ? Et même si ton boss fait suivre la patate chaude, l'État peut laisser dormir le rapport dans un tiroir jusqu'à la prescription. Crois-en mon expérience. Le Pouvoir, quel qu'il soit, a tendance à d'étouffer les scandales même ceux qui concernent ses adversaires.

— Beaulieu ne va pas s'en tirer sans dommage. Il doit y avoir un moyen de le coincer !

Lafa hésita avant de confier :

— Il existe une voie juridique peu usitée. Tout contribuable a le droit de déposer une plainte nominale contre un donneur d'ordre s'il s'estime lésé.

— Je vais endosser ce rôle. Il m'ira comme un gant.

— Tu es bien mal placé, je trouve. On te demandera pourquoi tu ne passes pas par le canal de tes supérieurs hiérarchiques. Ta démarche paraîtrait plus naturelle, si au bout d'un an de signalement, rien ne se passait. En outre, te souviens-tu des menaces que Jolves a prétendu recevoir ? Es-tu prêt à en affronter de semblables ? Songe à ta femme !

– Je n'ai pas peur. Le risque est limité.

– En effet. Je vois mal Beaulieu tenter quelque chose.

– Alors, je fonce.

– Tu ne préfères pas dénoncer Beaulieu à ton boss et déposer une plainte un peu plus tard si rien ne bouge ? insista Lafa.

– Pour que les preuves soient détruites ? Certainement pas.

Mathieu sentait que son ami jouait le rôle de l'avocat du diable, bien qu'il fût convaincu comme lui, qu'il fallait court-circuiter ses supérieurs

– Ne te précipite pas. Réfléchis bien. N'entreprends aucune démarche pendant cette semaine.

– Pourquoi ce délai ? Perdre du temps peut être dangereux

– Attendre te permettra de bien peser le pour et le contre. En outre, le procureur part lundi en vacances. Son adjoint qui le remplacera pendant ses congés est du genre pur et intègre. Il enregistrera ta plainte sans chercher à te dissuader et désignera aussitôt un juge d'instruction pour l'instruire, alors qu'à mon avis son supérieur classerait sans suite ton signalement.

À la fin du week-end, Mathieu était toujours aussi déterminé ; aucun doute ne le traversait : il devait déboulonner l'idole du *Pays des Crétins*. Le vice-procureur, un homme encore jeune, au regard sévère et aux cheveux coupés en brosse, lui précisa lorsqu'il eut signé les papiers nécessaires.

– Vous avez la possibilité de renoncer à cette procédure à tout moment, mais dans ce cas M. Beaulieu serait en droit d'exiger des compensations financières.

– Pour avoir dit la vérité ?

– Salir l'honneur d'un homme est une faute grave.

– Votre enquête prouvera que j'ai raison.

– Je l'espère pour vous.

Lorsqu'il sortit du palais de justice, Mathieu se dirigea vers les locaux du courrier de Saint-Pierre qui étaient situés dans un quartier délabré de la périphérie. Beaulieu s'était attaqué à sa rénovation, créé une commission, fait établir des plans, mais le travail à accomplir pour réhabiliter ce faubourg était colossal tant il était dégradé. En chemin, Mathieu croisa deux garçons qui jouaient au bord d'une flaque boueuse. Les gamins étaient sales, échevelés, ils s'insultaient en patois. Mathieu pensa à l'embryon de quelques centimètres qui flottait dans le ventre de Valérie. Il l'imagina à la place du gamin brun qui crachait sur son compagnon et il se désespéra. Bientôt, il serait le père d'un enfant du *Pays des Crétins*. Il s'enfonçait de plus en plus dans un marigot fétide, dans un puits sans fond.

Mathieu trouva Burles affalé sur une chaise en train de se curer mélancoliquement les ongles. Il avait entendu des rumeurs sur une rupture qui serait intervenue entre le journaliste obèse et Beaulieu.

— Quel bon vent vous amène M. Robili ? s'enquit narquois le directeur du courrier de Saint-Pierre.

Mathieu pesa une ultime fois le pour et le contre. Dun côté, il craignait de donner l'alarme trop tôt, de l'autre il fallait donner le maximum de publicité à son action. Il se jeta à l'eau :

— Seriez-vous preneur d'une information exclusive et brûlante sur Dominique ?

Un rictus déforma la bouche de Burles.

— Bien sûr ! Je suis tout ouïe.

— Je viens de déposer une plainte contre notre si intègre maire pour détournements de fonds publics. Trois cent mille francs ont été versés par la municipalité à une agence tenue par des copains de Beaulieu sans qu'aucune contrepartie valable n'eut été fournie.

— À quel titre avez-vous porté plainte ?

— En tant que contribuable qui refuse de se laisser plumer.

— Votre dossier est-il solide ? Dominique est un gros morceau. Il vous cassera si les preuves que vous avancerez présentent la moindre faille.

Mathieu sortit les photocopies des documents qu'il avait remis à l'adjoint du procureur : la facture, le travail fourni. Burles les étudia avec soin.

— L'argent détourné est-il allé dans la poche de Beaulieu ?

L'ombre émeraude

Mathieu hésitait. Est-il opportun de livrer tout ce qu'il savait ? Dominique, prévenu à temps, ne réussirait-il pas à faire disparaître les pièces compromettantes ?

— Vous vous demandez sûrement si je suis encore lié à Beaulieu. Ce petit merdeux m'a refusé la juste rétribution du travail que j'ai effectué pour lui. Je ne laisserai pas passer l'occasion de le détruire. Vous êtes venu me voir dans ce but alors crachez le morceau en toute confiance. Je serai la caisse de résonance qui transformera une affaire banale en un scandale retentissant.

Mathieu révéla ce qu'il savait sur les liens de la Sarc avec Roiquet et la liste « *nettoyage* ». Il ajouta :

— Les preuves de ces deux derniers délits financiers existent, mais je ne les détiens pas. Les policiers les mettront à jour si la justice accepte d'enquêter.

— Un journaliste fouineur trouvera facilement des traces, je pense. Vous avez frappé à la bonne porte et au bon moment. Je suis encore le gérant de ce journal pour deux mois. Le courrier de Saint-Pierre après avoir révélé les turpitudes des autres candidats dénoncera avec impartialité les errements du vainqueur. J'ai mes entrées au *Canard*. Ils seront ravis de connaître la face cachée du futur secrétaire d'État à la ville.

— De qui parlez-vous ?

— De Beaulieu ! Vous ne le saviez pas ? L'Élysée va incessamment annoncer que Dominique entre au gouvernement. Bourgogne lui a servi de marchepied.

Mathieu fut brutalement dégrisé. Sa démarche lui parut sous un autre jour, plus glauque. Valait-il mieux que le maire de Saint Pierre, lui qui usait des mêmes méthodes que son ancien mentor. Il sortit nauséeux du bureau de Burles et comme à son habitude lorsqu'il était troublé, il erra de longues heures dans la ville avant de rentrer chez lui.

Le mercredi Beaulieu était nommé secrétaire d'État à la ville. Le jeudi, le courrier de Saint-Pierre parut avec une photocopie des comptes de la Sarc, relayé le lendemain par l'hebdomadaire satirique *le Canard* et la presse de droite. Le scandale prenant de l'ampleur, on annonça le vendredi que Dominique passerait en direct au journal de 20 heures de la première chaîne. Beaulieu avait mis une cravate et la maquilleuse avait essayé de le peigner, mais il donnait toujours une impression de négligé.

— Monsieur le ministre, interrogea le présentateur, les accusations que l'on porte contre vous semblent graves et sérieuses. Certains documents sont troublants.

— Bien sûr qu'ils le sont, se défendit Dominique, ils ont été fabriqués pour semer le doute.

— Qui visez-vous par ces propos ?

— Ceux qui refusent que je devienne secrétaire d'État, ceux qui ont peur du souffle libérateur que je fais passer sur la politique française. Je ne vais pas en dire plus. L'enquête confondra les manipulateurs et ils paieront très cher leur forfaiture.

— Si vous êtes inculpé, resterez-vous au gouvernement ?

— Soyons clair ! Je vais être inculpé. La procédure utilisée contre moi ne laisse aucune marge de manœuvre au juge d'instruction. J'obtiendrai rapidement un non-lieu certes, mais je vais être inculpé. La tradition veut qu'un ministre mis en cause dans une affaire judiciaire quitte aussitôt ses fonctions. J'ai donc adressé ma démission au Président de la République qui l'a acceptée. Le Premier Ministre m'a assuré que dès que mon innocence sera reconnue, je reprendrais ma place. C'est dommage pour les banlieues. Il y avait une dynamique nouvelle à créer. À cause de quelques magouilleurs revanchards et sans scrupules, elles devront attendre un peu, pas trop longtemps, j'espère.

— Vous n'avez aucun doute sur l'issue de l'enquête.

— Pourquoi en aurais-je, puisque je suis innocent ?

— Que ressentez-vous ?

— De l'amertume surtout. Je savais que le monde de la politique était un monde tordu, mais je ne m'imaginais pas qu'il l'était à ce point. D'un autre côté, je suis habité par une nouvelle et féroce envie de me battre. Qu'on cherche à me détruire avec des coups en dessous de la ceinture, est la preuve que je dérange et que la voie que j'ai choisi d'emprunter est la bonne.

Mathieu s'était préparé à essuyer une tempête, mais rien ne bougea en apparence. Il ne reçut ni appels malveillants ni lettres d'injures anonymes comme il s'y attendait naïvement. Quelques journalistes téléphonèrent à son bureau pour demander une interview, mais ils furent poliment éconduits par sa secrétaire. À la DDE, les conversations s'arrêtaient lorsqu'il arrivait, sans qu'il ne soit ostracisé. Les supérieurs hiérarchiques de Mathieu, que le jeune ingénieur avait court-circuités, ne firent aucune allusion devant lui à l'affaire. Alexia, qui, depuis quelque temps, faisait en sorte de ne pas croiser sa route, ne put s'empêcher de lui lancer en entrebâillant la porte de son bureau.

– Chapeau ! Je suis stupéfaite. Rien ne vous arrête, vous !

Elle se hâta de s'en aller, toujours gênée par la scène qu'il lui avait faite.

Le *point*, auquel Mathieu était abonné, publia dans sa rubrique confidentielle un entrefilet.

« Dominique Beaulieu se frotte les mains. Son secrétariat ne cesse de recevoir des lettres d'encouragement venant de toute la France. Il a confié à des proches que cette affaire était une bénédiction. Jamais il n'aurait pu espérer une telle publicité. »

Mais l'article consacré par l'hebdomadaire sur le fond de l'affaire, était plus circonspect et moins favorable au maire de Saint Pierre. Sa lecture finie, Mathieu se demanda quelle contre-attaque Dominique méditait : il se savait mauvais joueur d'échecs. Il inventait dans ce jeu de longues attaques, brillantes et compliquées, qu'il n'avait jamais le temps de les mettre en route. Une manœuvre de son adversaire qu'il aurait pu contrer s'il lui avait prêté attention, le mettait mat. Il commençait à regretter de s'être plongé dans ce guêpier.

Le soir, après le dîner, il n'alla pas s'enfermer dans son bureau comme à son habitude. Il s'assit sur le canapé aux côtés de Valérie et regarda avec elle la télévision. Cependant, il n'échangea avec elle que quelques mots convenus, car il était encore incapable d'avoir une discussion sur leur bébé avec elle.

XVIII

Le lendemain de sa timide ouverture en direction de son épouse, alors qu'il était de retour de sa pause méridienne et qu'il s'apprêtait à rentrer dans l'immeuble de la DDE, il fut interpellé par Lafa.

— Sais-tu pour ta femme ?

— Non ? Il lui est arrivé quelque chose ?

— Charlie vient de la croiser au restaurant. Elle déjeune en ce moment même, avec Beaulieu et son copain Feustein.

— Elle ne m'a rien dit, murmura troublé Mathieu.

— Ne t'inquiète pas ! Tu connais Beaulieu : il lui a susurré quelques paroles mielleuses au téléphone tout en lui demandant le silence sur cette rencontre. Il veut sûrement te faire des ouvertures par son canal.

Lorsqu'il la revit, elle ne lui parla de rien et il n'osa pas l'interroger. Lafa, venu aux nouvelles, essaya de le rassurer en suggérant que Beaulieu lui avait fait des propositions qu'elle avait refusées et qu'elle lui cachait par loyauté.

Le soir, lorsqu'il voulut ressortir la lettre de Sophie pour la relire, il s'aperçut qu'elle n'était plus dans le tiroir fermé à clé où il la gardait. Malgré des recherches frénétiques, elle resta introuvable. Pourtant, il se rappelait l'avoir remise à sa place deux jours auparavant. Il examina la serrure qui n'avait pas été forcée. Il conservait la clé mélangée avec d'autres dans un carton. L'évidence lui apparut soudain : Valérie avait volé l'ultime message de Sophie pour le vendre à Beaulieu. Son univers s'écroula. Il bondit vers la salle d'eau où elle prenait un bain. Il l'entendit chantonner à travers la porte. Elle avait réussi son coup, elle avait sans doute obtenu une somme suffisante pour pouvoir le quitter et vivre à l'aise avec son bébé, seul le manque d'argent la retenant auprès de lui. Il devinait la suite des événements : un journal publierait la lettre si explicite, accompagnée d'une interview de Valérie ; il serait l'arroseur arrosé, le justicier déconsidéré par ses tentations incestueuses.

Beaulieu triompherait. La manœuvre destinée à l'abattre le renforcerait et le propulserait vers les sommets. Sa vie apparut brutalement à Mathieu comme un gigantesque échec. L'ombre émeraude revint brusquement le hanter, l'appelant depuis le néant. Il ouvrit, hébété, la porte de la salle de Bains. Elle sortait du bain, joyeuse. Son ventre commençait tout juste à s'arrondir.

— Qui y a-t-il, mon chéri ? demanda-t-elle.

Des mots d'insultes montèrent sur les lèvres de Mathieu. Il eut envie de la frapper, de lui cogner la tête contre le lavabo, mais il ferma les yeux et sa bouffée de violence se disloqua.

— Je vais me laver les mains, bredouilla-t-il.

Elle profita de son désarroi pour l'embrasser sur le coin de ses lèvres. Il ne comprit pas son geste. Pourquoi continuait-elle à feindre ?

— Valérie reste. J'ai besoin de toi ! hurla-t-il intérieurement.

Il la haïssait, tout en étant dépendant d'elle, de l'ersatz d'amour qu'elle incarnait. Et il était incapable de le lui dire. Il battit en retraite avant de se réfugier dans son bureau. Dans le chaos de ses pensées surnagea une obsession repoussante et attirante : il rejoindrait sa sœur, il fusionnerait avec l'ombre émeraude, lorsque sa défaite serait consommée, lorsqu'il se serait fracassé contre le mur de la réalité.

Mathieu flotta les jours suivants dans un cauchemar éveillé, étrange, chaotique. Il se retirait lentement du monde et attendait, replié sur lui-même le choc ultime, la poussée finale qui le propulserait hors de son univers si rétréci. Il passa souvent devant le cagibi de Valérie, à la recherche d'une émotion enfouie.

L'ombre émeraude

Seuls ses fantasmes lui avaient procuré un peu de bonheur dans sa vie. Il faisait remonter à la surface de sa mémoire les lambeaux de ces plaisirs disparus de ces exaltations éprouvées lorsqu'il arpentait ce couloir sombre, lorsqu'il se demandait s'il allait appeler le soir la jeune standardiste, lorsqu'il se mirait dans l'ombre émeraude, lorsqu'il s'imaginait serrer sa sœur dans ses bras. Il avait été heureux dans ces moments-là et seulement dans ces instants-là. En dehors d'eux, sa vie n'avait été qu'un lac d'amertume et de larmes.

Un soir qu'il sortait, découragé et dépressif, de la DDE, Feustein se dressa devant lui.

— Allez ! Viens Zorro. Je t'emmène voir Dominique.

Mathieu recula, effrayé.

— Certainement pas !

— Ne t'inquiète pas. Ni toi ni ta précieuse intégrité morale ne courez de risques. Dominique souhaite juste te parler.

Mathieu abdiqua devant la volonté du monde. Le processus final était enclenché.

— D'accord, bredouilla-t-il, mais je téléphone à un ami policier pour lui signaler que je pars avec toi.

— Pas de problème. Précise que la dalle de ciment destinée à te recevoir est en train d'être coulée dans un chantier des environs.

Heureusement, la cabine téléphonique qui faisait face à l'entrée de la cité administrative fonctionnait. Lafa n'était pas là, mais sa femme l'assura qu'elle ferait la commission. Il hésita, avant de prévenir également Valérie par un message laconique. Ces appels passés, Mathieu suivit résigné Feustein.

Dominique le reçut dans son appartement Saint-Pierrais. L'atmosphère était lugubre : les volets étaient baissés, les lumières tamisées. Le maire portait d'épaisses lunettes noires qui lui mangeaient la figure. Il interpella Mathieu, dès le seuil du salon.

— Écoute l'intégriste ! Connais-tu la sclérose latérale amyotrophique dite aussi maladie de Charcot ? De nom probablement mais sans plus ! Je suis atteint d'une variante héréditaire extrêmement rare qui ne touche que deux familles en dehors de la mienne. Dans la nôtre, le gène est dominant et situé sur le Y. Les femmes sont indemnes alors que tous les mâles développent la maladie, généralement entre quarante-cinq et cinquante ans, parfois un peu plus tard, rarement un peu plus tôt. Notre forme est virulente et fulgurante. Six mois après le déclenchement de cette peste, nous sommes morts, non sans avoir été réduits auparavant à l'état de légume. Je ne passerai jamais en correctionnelle, Mathieu.

Robili comprit brutalement les allusions qu'il avait faites dans le passé.

— Tu savais, depuis longtemps, que tu étais menacé ?

— Bien sûr : Je vis avec son spectre depuis l'enfance. Une partie des sommes colossales que j'ai gagnées ont servi à financer des travaux de recherche tous azimuts. La connaissance sur ma forme de Charcot a avancé à pas de géant. On a identifié une protéine présente chez tous les êtres humains qui se met brutalement un jour à proliférer chez nous et qui en quelque sorte oxyde le cerveau. Hélas on n'a pas trouvé l'essentiel : le remède. Tu m'as tué, Robili. Lancar, le professeur qui me suit a une thèse : un événement émotionnel peut faire avancer de plusieurs années le déclenchement du processus de dégradation. Sans toi, j'aurai eu le temps de réaliser mes ambitions. Quel gâchis ! La France avait besoin de moi.

Beaulieu brandit un dossier et le jeta à la figure de l'ingénieur qui l'attrapa au vol.

— Robili, le censeur, toi le pur, toi qu'effarouche la moindre trace de corruption, tu vas m'étudier cette comptabilité. C'est celle de la ville depuis mon élection. Si tu es aussi intègre que tu le prétends, tu me rendras justice. L'affaire de la Sarc n'est qu'un péché véniel. Si tu savais les efforts que j'ai déployés pour neutraliser les requins du conseil municipal, mais tu t'en fous !

Non, tes yeux se sont posés sur une tache et ils n'en bougeront pas tant qu'elle ne sera pas nettoyée.

Il s'interrompit quelques instants pour reprendre son souffle :

— Où te mène ta pureté Robili ? La corruption est générale dans la vie politique. Que crois-tu donc ? Tous les partis reçoivent de l'argent sale et détournent des fonds publics. Les hautes sphères de l'état sont gangrenées. J'ai eu connaissance d'affaires qui feraient frémir l'opinion publique si les dessous en étaient révélés : des entreprises rachetées le double de leur valeur par l'État, des tuyaux boursiers donnés au bon moment à des amis, fidèles, des permis de construire octroyés en dépit de la loi. Ceux qui étaient aux commandes avant Mitterrand agissaient pareillement et ne valaient pas mieux.

Avec rage, Beaulieu passa en revue des personnalités de l'opposition et de la majorité, en énumérant des combines douteuses à auxquelles elles étaient mêlées. Quand il eut vomi son implacable réquisitoire, il ajouta :

— J'ai parlé de ce que je connaissais. Ceux que je n'ai pas cités ne sont pas nécessairement innocents. Simplement je ne sais rien sur eux. Les marginaux qui se veulent en dehors du système, voire contre lui, les extrémistes de droite, les écologistes, les gauchistes, trafiquent eux aussi à leur échelle !

Il donna une nouvelle liste de menus scandales qui avaient secoué ces groupuscules.

— Et cela ne date pas d'hier : Marx, l'apôtre du Prolétariat, a volé dans la caisse de son parti et exploité sa domestique en ne la payant pas. Il l'a même violée ! Voilà le tableau. Effarant n'est-ce pas ? Effarant mais trompeur. Cette corruption qui t'offusque tellement n'est qu'une maladie de peau, un eczéma sans grandes conséquences. Il est inhérent à toutes les sociétés organisées. Depuis la nuit des temps, aucune n'a échappé à ce fléau. Il est le propre de l'Homme. Écoute. À part toi, qui ne fait pas à son niveau ce qu'on dénonce avec virulence chez les politiciens ? Que celui qui n'a jamais intrigué pour faire sauter un PV, fraudé le fisc ou prétendu ne pas avoir de télévision afin d'être dispensé de redevance audio-visuelle, me jette la première pierre. Ce n'est qu'une question d'échelle ou de mesure ! On trafique suivant ses possibilités. Les hommes politiques ne sont que le miroir des Français. Ils ne sont ni pires ni meilleurs qu'eux. Ils ont simplement plus d'occasions. Le maire qui fait construire sa maison par des entreprises en omettant de les payer, sachant qu'elles se rattraperont avec les travaux communaux est-il plus condamnable que le Français lambda qui engage un chômeur au noir pour réparer un mur ? Les deux volent la collectivité, mais le premier passera pour un sale type aux yeux de l'opinion et le second pour un débrouillard. Bah inutile de m'égosiller ! J'ai perdu la partie, je ne te convaincrai jamais.

Il soupira et reprit d'une voix sourde :

– Regarde le chaos que tu as provoqué. Qui va devenir maire de Saint-Pierre ? Un des requins de mon conseil ? J'avais réussi à grand-peine à les neutraliser. La curée est ouverte, grâce à toi. Et Bourgogne ? Qui pensera encore à ce quartier ? Là-bas, les choses n'ont pas tourné comme tu le voulais. Pourtant, je ne t'ai pas mis de bâtons dans les roues. Bien au contraire. Mon successeur se gênera-t-il ? Tu es trop entier dans tes jugements. Tu baptises échec ce que j'appelle réussite. Sur cent graines, que nous avons semées, dix sont écloses. Mais qu'espérais-tu ? Que tout s'arrange d'un coup de baguette magique ? Absurde ! Les choses bougeaient. Saint-Pierre allait émerger. Bourgogne est une réussite si on arrache les lunettes de géants que tu t'obliges à chausser. Tu as tout détruit. Où est ta victoire ? Tu as devant toi un champ de ruines. Pourquoi Mathieu ? Je ne te comprends pas. Si tu étais si pur, tu aurais quitté l'Ares lorsque je t'ai présenté Burles. Cette facture que tu brandis subitement, tu la connaissais depuis longtemps. Tu la sors au bon moment quand je deviens secrétaire d'état.

Pourtant, Mathieu se taisait obstinément.

– Parle à la fin ! Explique-toi !

— Mon sens du devoir m'a obligé à agir comme je l'ai fait, finit par bredouiller Robili.

— N'importe quoi ! Il a bon dos le sens de ton devoir. Quand Jolves a touché trente pour cent du prix de la construction de la fontaine de la grande place, tu n'as pas bronché. Tu es resté dans son camp.

— Bottelot m'avait assuré qu'il avait refusé l'argent. C'était lui que je soutenais, pas Jolves.

— De la pure foutaise ! Si je t'avais laissé bouder dans ton coin, je pouvais impunément m'en mettre plein les poches. Fous le camp. Vouloir parler avec toi était une idée stupide. Tu es indécrottable. Déguerpis.

L'ingénieur obtempéra, mais, sur le seuil, Beaulieu le rappela d'une voix faible :

— Je t'en prie : examine ma comptabilité, Mathieu. Rends-moi justice avant que je ne meure. L'affaire de la ferme pilote est un cas isolé !

Mathieu reflua vers la porte d'entrée, Feustein sur les talons.

— Je te ramène chez toi ?

— Non, je vais marcher.

Feustein lui tendit alors une enveloppe qu'il reconnut.

— Je te rends ton bien.

— Est-ce ma femme qui vous l'a vendue ?

— Les cambrioleurs qui fouillent sans déranger, cela existe. Ils cherchaient ce qui pouvait te nuire ! Ils n'ont rien trouvé de compromettant sauf cette lettre.

— Pourquoi alors avez-vous déjeuné avec elle, alors ?

— Nous lui avons demandé d'intervenir en notre faveur, mais elle a refusé. Elle a prétendu n'avoir aucune influence sur toi. Et elle a ajouté que de toute façon, même si elle en avait eu, jamais elle n'aurait plaidé notre cause, quelles que soient les contreparties proposées. Tu as une épouse parfaite et loyale.

Mentait-il ? Couvrait-il Valérie ? Mathieu était trop las pour réfléchir. Alors qu'il posait la main sur la poignée, Feustein sortit un papier soigneusement plié de sa poche.

L'ombre émeraude

– Attends ! Je vais te lire une lettre que j'ai reçue le lundi qui a suivi le suicide ta frangine.

Hubert,

Lorsque tu liras ces quelques mots que je t'envoie, l'insignifiante nouvelle saint-pierraise ne sera sans doute pas encore parvenue à tes oreilles parisiennes.

Je suis morte Hubert ou plutôt je suis libre. Pour une fois, j'ai fait ce que j'ai voulu, moi dont la conduite a souvent été dictée par mes proches. Connais-tu l'histoire drôle du caméléon qui est mort d'épuisement parce qu'on l'avait placé sur une couverture écossaise ? Mentalement, j'étais un caméléon. Je me suis épuisée à deviner et à faire ce que les autres désiraient de moi.

Je t'écris afin que tu ne culpabilises pas. En apparence, ce n'est pas ton genre, cependant je crois ton âme sensible malgré tout aux scrupules et aux remords.

N'en ai aucun ! Tu m'as procuré les dernières joies qu'il m'a été donné de connaître. À tes côtés, il me semblait parfois que je vivais. Hélas, je ne ressentais que le souffle d'une brise. J'aurai eu besoin de la violence d'un cyclone pour me retenir sur cette rive. Je ne vais pas t'ennuyer plus longtemps. Il serait paradoxal que je te parle, morte, alors que je ne te disais rien, vivante.

Celle qui était moins intéressante pour toi qu'un chien ou une poupée gonflable.

Sophie

Il se tut et des larmes brouillèrent la vue de Mathieu. Après quelques instants d'un silence pesant, Hubert rangea la lettre d'un geste sec, dans sa poche :

– Celle-là, elle est à moi, je la garde en souvenir de ta sœur. Allez ! Retourne chez toi. Médite ce qui vient de se passer et tente d'en tirer des leçons. Ne reste pas un indécrottable idiot.

Robili marcha longtemps dans les rues poussiéreuses avant de rentrer chez lui. Valérie l'attendait anxieuse et se précipita vers lui dès qu'il eut ouvert la porte.

— Tomaso ne cesse d'appeler pour savoir si tu es de retour.

Il se dépêcha de rassurer son ami. Le combiné reposé, il se tourna vers sa femme et lui sourit tristement avant de proposer d'une voix sourde :

— Si nous recherchions un autre appartement ? Une maison, plutôt. C'est mieux pour un enfant. Il pourra jouer dans le jardin.

De prononcer ces paroles lui coûtait tant il avait l'impression de se renier, mais il n'en pouvait plus.

— Valérie, j'ai besoin de toi, balbutia-t-il en lui prenant la main.

Il n'avait plus qu'elle, épousée par hasard, comme point d'appui. Il ne pourrait rebâtir son univers qu'autour d'elle. Elle se jeta dans ses bras.

— Mathieu, je t'aime.

— Moi aussi, prétendit-il.

Il pressentait pourtant que leur couple branlant et mal assorti se disloquerait tôt ou tard, mais sur l'instant, il souhaitait prolonger la fiction de leur amour le plus longtemps possible. Cependant, alors qu'il embrassait désespérément Valérie, l'idée que les eaux glauques du *Pays des Crétins* se refermaient définitivement sur lui, effleura Mathieu, avant qu'il ne rejette avec rage cette ultime résistance tant il n'en pouvait plus de souffrir.

FIN

www.ingramcontent.com/pod-product-compliance
Lightning Source LLC
LaVergne TN
LVHW051259200726
843510LV00010B/1186